KB148963

# The Happy Prince

## And Other Tales

The Happy Prince.

# The Happy Prince

## And Other Tales

BY

OSCAR  WILDE

Illustrated by

WALTER CRANE AND JACOMB HOOD

LONDON

DAVID NUTT, 270 STRAND

1888

TO

CARLOS BLACKER

## 목 차.

# The Happy Prince.

행복한 왕자.

## 행복한 왕자.

도시가 훤히 내려다보이는 높은 기둥 위에 행복한 왕자의 동상이 서 있었다. 동상은 전체가 황금으로 덮여 있었고, 두 눈에는 사파이어가 박혀 있었다. 그리고 칼자루에는 큼지막한 붉은 루비가 반짝이고 있었다.

　모두가 동상을 자랑스러워했다. "왕자님 동상은 수탉 풍향계만큼이나 아름답지요." 예술적 안목이 있다는 소리가 듣고 싶은 어느 시의원 하나가 그렇게 말했다. 하지만 그는 이내 실용적이지 못한 인물로 비춰질까 두려워 얼른 덧붙였다. "효용성 측면에서는 비할 바가 못 되지만요." 물론 그는 지극히 실리적인 인물이었다.

# 행복한 왕자.

"너 자꾸 그러면 행복한 왕자님처럼 못 된다." 울고 있는 아이를 타이르고 있는 엄마가 말했다. "왕자님은 무슨 일이 있어도 떼쓰거나 그러지 않거든."

실의에 빠져 있는 한 남자는 동상을 바라보며 중얼거렸다. "그래도 저토록 행복해하는 존재가 있다는 사실이 날 위로하는군."

"왕자님은 천사 같아요!" 새하얀 앞치마와 다홍색 외투를 두르고 대성당에서 나오던 고아원 아이들은 그렇게 소리쳤다.

"너희들이 그걸 어떻게 아니?" 수학 선생님이 말했다. "천사를 본 적도 없으면서."

"본 적 있어요! 꿈에서요!" 아이들이 대답했다. 선생님은 아이들이 꿈 같은 걸 믿는다는 게 못마땅했는지 눈살을 찌푸리고 엄한 표정을 지었다.

어느 날 밤, 작은 제비 한 마리가 도시로 날아왔다. 다른 제비들은 한 달 반 전에 벌써 이집트로 떠났건만 이 제비는 어느 아름다운 갈대에게 오랫동안 구애를 하느라 홀로 많이 뒤처졌다. 제비는 이른 봄날 커다란

# 행복한 왕자.

노란 나방을 쫓아 강으로 내려갔다가 그 갈대를 보았다. 갈대의 잘록한 허리에 매혹된 제비는 쫓던 것을 멈추고 갈대에게 말을 걸었다.

"당신을 사랑해도 되나요?" 진도를 생략하고 싶었던 제비는 갈대에게 대뜸 그렇게 말했다. 그러자 갈대는 공손히 인사를 할 뿐이었다. 제비는 갈대 주위를 빙빙 돌며 날개로 물살을 갈라 은빛 물결을 만들었다. 구애 행위였다. 제비는 여름 내내 그렇게 갈대 주위를 날고 또 날았다.

"야, 너 정신 차려." 다른 제비들이 말했다. "갈대는 돈도 없고, 또 딸린 가족이 몇인데!" 제비들의 말대로 강에는 갈대들이 무성했다. 하지만 제비는 구애를 멈추지 않았다. 그렇게 시간은 계속해서 흘렀고 어느덧 가을이 되었다. 다른 제비들은 하나둘씩 떠나기 시작했다. 그러다 결국 제비는 혼자가 되었다.

제비는 외로워졌다. 그리고 사랑에도 지치기 시작했다. "갈대는 지금까지 내게 한마디도 안 했어." 제비가 말했다. "그런데 바람한테는 맨날 끼를 부려. 혹시 바람둥이 아니야?" 확실히 갈대는 바람이 불기만 하면 가장 우아한 인사를 그에게 건넸다. "그리고 갈대는 여기서 꼼짝도 하지 않아. 난 여행을 좋아하는데." 제비는 계속해서 말했다. "내 아내가 되려면 마땅히 여행을 좋아해야 하는 거 아니야?"

"나와 함께 떠날래요?" 제비는 마지막이란 심정으로 갈대에게 물었다. 하지만 갈대는 고개를 저었다. 갈대는 그 땅에 몹시 큰 애착이 있었다.

"당신 날 가지고 놀았군요!" 제비가 절규했다. "이제 난 피라미드로 떠날 거예요. 행복하세요!" 제비는 갈대를 뒤로하고 하늘로 날아올랐다.

제비는 날기를 재촉했다. 하루 종일 날았다. 하지만 밤이 되자 어쩔 수 없이 아래에 보이는 도시로 내려갔다. "어디서 자볼까나?" 제비가 말했다. "괜찮은 곳이 있으면 좋겠어."

그때 제비는 높은 기둥 위에 서 있는 동상을 보았다.

"저기야! 저기서 자야겠다." 제비가 소리쳤다. "좋은 자리야. 여기라면 공기도 신선해!" 제비는 행복한 왕자의 발 사이에 내려앉았다.

"황금 침실이네." 동상을 둘러본 제비는 나지막이 중얼거렸다. 제비는 자리를 잡고 머리를 날개에 묻으려고 했다. 그런데 바로 그 순간, 난데없이 하늘에서 커다란 물방울이 떨어졌다. "아이코, 이게 뭐야!" 깜짝 놀란 제비는 소리쳤다. "하늘에는 구름 한 점 없고 별들은 저토록 반짝이는데 난데없이 비라니! 북유럽 날씨는 정말 고약해! 그러고 보니 갈대도 비를 좋아했었지. 지금 생각해보니 참 이기적인 성격이었어!"

그때 또다시 물방울이 떨어졌다.

"비도 막아주지 못한다면 동상이 무슨 소용이람? 굴뚝이나 찾아봐야겠다." 제비는 다른 곳으로 날아갈 준비를 했다.

하지만 날갯짓을 하기도 전에 물방울이 또 떨어졌다. 제비는 동상을 올려다봤다. 그런데 세상에! 이게 대체 무슨 일이란 말인가!

행복한 왕자의 눈에는 눈물이 가득 고여 있었고, 그 눈물이 황금빛 볼을 타고 흘러내리고 있었다. 왕자의

# 행복한 왕자.

얼굴은 달빛을 받아 아름다웠지만 그래서 더욱 측은해 보였다.

"누구세요?" 제비가 말했다.

"난 행복한 왕자란다."

"행복하다면서 왜 울고 계세요?" 제비가 물었다. "당신 때문에 홀딱 젖었잖아요."

"내가 살아 있었고, 또 심장도 인간의 심장이었을 때는," 동상이 대답했다. "이 눈물이란 걸 몰랐단다. 걱정, 근심이 들어올 수 없는 궁전에서 살았거든. 궁전은 높은 성벽으로 둘러싸여 있었고, 나 또한 성벽 너머에서 무슨 일이 일어나는지 아무 관심도 없었지. 낮에는 친구들과 정원에서 뛰어놀았고, 밤이 되면 거대한 무도회장에서 춤을 추느라 바빴거든. 내 주위의 모든 것이 그저 아름다울 따름이었어. 그래서 신하들은 날 행복한 왕자라고 불렀단다. 즐거움이 곧 행복을 의미한다면 그 말이 맞겠지. 어쨌든 난 그렇게 살았고, 또 그렇게 죽었단다. 내가 죽자 사람들은 날 동상으로 만들어 이 높은 곳에 세워놓았어. 그랬더니 그제야 비로소

# 행복한 왕자.

난 나의 도시의 어두운 면과 사람들의 비참한 삶을 볼
수 있게 되었단다. 그 모습을 보고 있자니 도무지 눈물
이 멈추지 않는구나. 내 심장은 납으로 만들어졌는데
도."

"뭐야, 전부 금으로 만들어진 것도 아니었잖아?" 제
비는 중얼거렸다. 하지만 제비는 왕자가 들을 만큼 크
게 말할 정도로 무례하진 않았다.

"저기 저 멀리," 행복한 왕자는 듣기 좋은 낮은 음성
으로 계속해서 말을 이었다. "골목길에 허름한 집 한
채가 있어. 열린 창문으로 탁자에 앉아 있는 한 여인이
보이는구나. 여인은 많이 야위었고, 또 피곤해 보여. 손
은 거칠고 군데군데 아주 빨개. 아마도 바늘에 찔려 그
런 모양이야. 재봉사거든. 여인은 지금 드레스에 시계
꽃을 수놓고 있어. 여왕님의 들러리가 다음 무도회에
입는다고 부탁한 것이지. 방 한쪽에는 침대가 있는데
거기엔 여인의 아들이 누워 있단다. 그런데 그 아이 열
이 심한 모양이야. 오렌지가 먹고 싶다고 여인에게 조
르고 있네. 하지만 여인이 줄 수 있는 건 강에서 떠 온

물밖에 없구나. 결국 아이는 울음을 터트리고 말았어. 멈추지 않고 계속. 제비야, 제비야. 혹시 네가 내 검에 박혀 있는 루비를 떼어다가 그 여인에게 갖다줄 수 있겠니? 난 발이 기둥에 박혀 있어 꼼짝도 할 수가 없구나."

"난 바뻐 이집트로 가야 해요!" 제비가 답했다. "친구들은 벌써 도착했을 거예요. 걔들은 나일강을 날아다니며 연꽃에게 말을 걸고 있을 거라고요. 그러다 밤이 되면 위대한 왕의 무덤에서 자겠죠. 왕은 여러 향료로 방부 처리되어 미라가 되었어요. 그래서 손이 꼭 마른 잎사귀 같답니다. 목에는 연둣빛 비취 목걸이가 걸려 있고, 또 노란 천에 싸여 근사하게 색칠된 관에 누워 있지요."

"제비야, 제비야, 작은 제비야." 왕자가 말했다. "딱 하루만 더 머물러서 나의 심부름꾼이 되어주지 않겠니? 아이는 너무 목이 말라 하고, 그 모습을 바라보는 여인의 마음은 찢어지고 있단다."

"난 아이들을 좋아하지 않는다고요." 제비가 말했다.

10

# 행복한 왕자.

"작년 여름에는 강가에서 지냈는데 고약한 아이들 둘이 나한테 돌을 던졌지 뭐예요. 방앗간 집 아들들이었죠. 아, 물론 날 맞히진 못했어요. 우리 제비들은 아주 높은 곳까지 날 수 있을뿐더러, 특히 우리 집안은 빠르기로 유명하거든요. 그래도 그건 무례한 행동이었잖아요!"

하지만 행복한 왕자가 너무 슬퍼 보여 제비의 마음도 흔들렸다. "여기는 너무 추워요." 제비가 말했다. "그래도 하루 더 머무를게요. 심부름해드리죠, 뭐."

"고맙다, 작은 제비야." 왕자가 말했다.

제비는 부리로 왕자의 검에 박혀 있는 커다란 루비를 떼어 냈다. 그리고 도시 위로 솟구쳤다.

제비는 새하얀 대리석 천사가 조각된 대성당의 탑을 스쳐 날아갔다. 무도회가 열리고 있는 궁전을 지날 때는 새어 나오는 음악 소리도 들을 수 있었다. 궁전의 테라스에서는 한 아름다운 아가씨가 애인과 함께 나와 있었다. "별들이 아름답군요." 그가 말했다. "그리고 사랑의 힘도요!"

11

# 행복한 왕자.

"무도회에서 입을 드레스나 제때 완성되었으면 좋겠어요." 아가씨가 말했다. "드레스에 시계꽃을 수놓으라고 해두었거든요. 그런데 재봉사가 너무 게을러요."

제비가 강 위를 날아갈 때는 배의 돛대에 등불이 매달려 있는 것이 눈에 들어왔고, 유대인의 거주 구역인 게토에서는 사람들이 구리 저울에 돈을 달며 흥정하는 모습도 보였다. 마침내 제비는 그 가난한 집에 도착했다. 아이는 고열에 뒤척이고 있었고, 여인도 잠깐 잠들어 있었다. 제비는 안으로 폴짝 뛰어 들어갔다. 그리고 커다란 루비를 테이블 위, 여인의 골무 옆에 두었다. 그런 다음 조용히 침대로 건너가서 아이의 이마에 날개를 퍼덕였다. "아, 시원해." 아이가 말했다. "좀 살거 같아." 아이는 단잠에 빠져들었다.

제비는 행복한 왕자에게 돌아갔다. 그리고 있었던 일을 말했다. "참 이상해요." 제비가 말했다. "날씨가 이렇게 추운데 몸 안은 따뜻하게 느껴져요."

"그건 네가 좋은 일을 했기 때문이야." 왕자가 말했다. 행복한 왕자의 말을 들은 작은 제비는 무언가 골똘히 생각하기 시작했다. 그러나 이내 잠에 빠져버리고 말았다. 제비는 생각을 하면 언제나 잠이 쏟아졌다.

날이 밝았다. 제비는 강가로 가서 목욕을 했다. "정말 놀라운 현상이군!" 마침 다리를 건너가던 조류학자가 제비를 보고 소리쳤다. "한겨울에 제비라니!" 학자는 신문에 긴 칼럼을 썼다. 생소한 전문 용어가 난무하여 제대로 이해한 사람은 거의 없었지만 그래도 여기저기서 학자의 말을 인용했다.

"오늘 밤에는 이집트로 출발이다!" 제비가 외쳤다. 제비는 그 생각만으로 기분이 좋아졌다. 제비는 관광지란 관광지는 전부 둘러본 다음 대성당 꼭대기에 한참을 앉아 있었다. 제비가 어디를 가든 참새들이 짹짹거리며 소곤댔다. "어디서 왔는지 정말 근사한 새야." 그 소리를 들은 제비는 어깨가 으쓱해졌다.

달이 뜨자 제비는 왕자에게 갔다. "혹시 이집트에서 급히 할 일이라도 있는 거니?" 왕자가 말했다. "도와주었으면 하는 일이 또 생겼거든."

"제비야, 제비야, 작은 제비야." 행복한 왕자가 말했

13

다. "하룻밤만 더 머물러주면 안 되겠니?"

"이집트에서 다들 날 기다리고 있어요!" 제비가 대답
했다. "내일 친구들은 나일강의 두 번째 폭포로 날아갈
거예요. 하마들은 물풀 사이에서 낮잠을 자고 있을 거
고, 또 화강암으로 만든 왕좌에는 멤논 왕이 앉아 있지
요. 왕은 밤새도록 별을 보다가 샛별이 뜨면 기쁨의 탄
성을 지르고는 침묵에 잠긴답니다. 정오가 되면 황금
빛 사자들이 물을 마시러 물가로 내려오겠죠. 사자들
의 눈은 초록빛 에메랄드 같고, 으르렁거리는 소리는
아니 글쎄 폭포 소리보다 크다니까요!"

"제비야, 제비야, 작은 제비야." 왕자가 말했다. "저
기 저 멀리 다락방에 살고 있는 한 청년이 보이는구나.
청년은 지금 종이가 잔뜩 널려 있는 책상에 엎드려 있
어. 옆에는 제비꽃이 담긴 화병이 있는데 꽃은 모두 시
들어 있지 뭐니. 청년은 갈색 곱슬머리에 입술은 마치
석류처럼 붉어. 커다란 눈은 마치 꿈을 꾸고 있는 듯하
구나. 청년은 연극 감독에게 보여줄 대본의 막바지 작
업을 하고 있어. 하지만 너무 추워서인지 더 이상 글에

14

# 행복한 왕자.

집중할 수 없는 모양이야. 벽난로에는 불씨 하나 없고, 배고픔으로 기절하기 직전이거든."

"알겠어요. 그럼 제가 하루 더 머물게요." 따뜻한 마음씨를 가진 제비가 말했다. "청년에게도 루비를 갖다주면 될까요?"

"이런, 나에겐 이제 루비가 없단다." 왕자가 말했다. "남은 건 눈뿐이구나. 하지만 이 눈도 진귀한 거야. 천년 전에 인도에서 가져온 사파이어지. 하나를 뽑아서 그에게 갖다주렴. 그러면 청년은 보석상에게 팔아서 장작과 먹을 것을 살 수 있을 거야. 그러면 대본도 마무리 지을 수 있을 테고."

"오, 우리 왕자님, 그럴 수는 없어요. 그럴 수는 없다고요." 제비는 울기 시작했다.

"제비야, 제비야, 작은 제비야." 행복한 왕자가 말했다. "내 말대로 해주렴."

제비는 어쩔 수 없이 왕자의 눈을 뽑아 청년의 다락방으로 향했다. 지붕에 구멍이 뚫려 있어 안으로 휙 들어갔다. 청년은 손으로 머리를 감싸고 있었기 때문에 제비가 날개를 퍼덕이는 소리를 듣지 못했다. 얼마 후 고개를 든 청년은 시든 제비꽃 옆에 아름다운 사파이어가 놓여 있는 걸 보았다.

"내 열성 팬이 두고 간 게 틀림없어!" 청년이 소리쳤다. "드디어 나도 인정받기 시작한 거야! 이걸 팔아서 몸 좀 추스르고 얼른 작품을 마무리해야지!" 청년은 행복했다.

다음 날이 되었다. 제비는 항구로 갔다. 제비는 거대한 선박의 돛대에 앉아서 선원들을 보았다. "영치기, 영차!" 선원들은 큰 상자들을 밧줄에 묶어 나르고 있었다. "나는요! 이집트로 가요! 그쪽은요?" 제비가 크게 소리쳤다. 하지만 누구도 제비의 말을 알아듣지 못해 대꾸해주는 이 없었다. 달이 뜨자 제비는 다시 행복한 왕자에게 갔다.

"작별 인사를 하러 왔어요." 제비가 말했다.

"제비야, 제비야, 작은 제비야." 왕자가 말했다. "하룻밤만 더 머물러주면 안 되겠니?"

"지금 겨울이라고요." 제비가 말했다. "곧 눈이 내

릴 거예요. 이집트에서는 녹색 야자나무 위로 따사로운 햇살이 내리쬐고 있을 거예요. 악어들은 진흙 속에 누워 게으른 눈으로 주위를 쳐다보고 있겠죠. 제 친구들은 발벡 신전에 둥지를 틀었을 거예요. 핑크색과 흰색 비둘기들은 그 모습을 바라보며 구구거리며 울겠죠. 우리 왕자님, 전 진짜 떠나야 해요. 하지만 왕자님을 잊지 않을게요. 내년 봄에는 당신이 사람들에게 나눠줬던 보석보다 더 아름다운 보석을 가지고 돌아올게요. 장미보다 더 붉은 루비랑 드넓은 바다보다 더 푸른 사파이어를요."

"바로 이 아래 광장에," 행복한 왕자가 말했다. "성냥팔이 소녀가 있단다. 그런데 성냥을 도랑에 떨어뜨렸지 뭐니. 모두 못 쓰게 되어버렸어. 소녀가 빈손으로 집에 간다면 소녀의 아버지는 소녀를 때릴 거야. 가여운 소녀는 울고 말겠지. 소녀는 지금 양말도, 신발도 신지 않고 있단다. 머리에도 아무것도 쓰고 있지 않고. 내 남은 눈을 빼내서 소녀에게 갖다주렴. 그러면 소녀는 매질당하지 않을 거야."

17

"알겠어요. 제가 하루 더 머물게요." 제비가 말했다.
"하지만 남은 눈을 뽑을 수는 없어요. 그러면 왕자님은
아무것도 볼 수 없게 되잖아요."

"제비야, 제비야, 작은 제비야." 왕자가 말했다. "내
말대로 해주렴."

제비는 어쩔 수 없이 왕자의 마지막 눈을 뽑아 성냥
팔이 소녀 쪽으로 날아갔다. 그리고 쏜살같이 하강하
여 소녀의 손바닥에 보석을 떨구었다. "이 유리 조각
좀 봐! 너무 예뻐!" 소녀가 외쳤다. 소녀는 웃으면서 집
으로 달려갔다.

제비는 왕자에게 돌아갔다. "이제 아무것도 안 보이
시겠네요." 제비가 말했다. "제가 항상 곁에 있어드릴
게요."

"아니야, 작은 제비야." 불쌍한 왕자가 말했다. "넌
이집트로 가야 한단다."

"제가 곁에 있어드릴게요." 제비가 말했다. 그리고
왕자의 발밑에서 잠이 들었다.

다음 날 제비는 온종일 왕자의 어깨에 앉아 있었다.

# 행복한 왕자.

그리고 그가 이국땅에서 본 것들을 왕자에게 이야기해 주었다. 나일강 강가에서 길게 줄을 지어 부리로 금붕어를 잡는 붉은 따오기, 이 세상만큼이나 나이가 많고 모르는 게 없는 사막에 사는 스핑크스, 손에 호박색 구슬을 차고 느릿하게 낙타 옆을 걸으며 사막을 횡단하는 상인들, 커다란 수정을 숭배하는 흑단처럼 시커먼 달의 산맥의 왕, 야자나무 아래에서 잠을 자고 스무 명의 사제가 꿀 과자를 먹어 키우는 거대한 초록 뱀, 큰 나뭇잎을 타고 거대한 호수를 건너며 나비들과 전쟁을 벌이는 피그미들에 대해서.

"우리 작은 제비야." 왕자가 말했다. "네가 해준 이야기들은 정말이지 놀랍기만 하구나. 하지만 더 놀라운 것은 사람들이 겪는 가난이 아닐까? 빈곤보다 더 부조리한 것은 없으니까. 자, 하늘로 날아오르렴, 작은 제비야. 그리고 네가 본 것들을 나에게 말해주렴."

그래서 제비는 거대한 도시 위로 날아갔다. 제비의 눈에 부자들이 아름다운 집에서 즐거워하고 있는 모습과 그 현관 앞에 거지들이 쪼그려 앉아 있는 모습이 들어왔다. 제비는 다음으로 어두운 골목길로 향했다. 그곳에서는 굶주림에 지친 아이들이 창백한 얼굴로 무기력하게 거리를 내다보고 있었다. 다리 밑에서는 두 어린아이가 온기를 지키려고 서로 꼭 껴안고 누워 있는 것도 보았다. "배가 너무 고파. 너무 고파서 죽을 거 같아." 아이들이 말했다. 그때 야간 순찰대의 고함이 들렸다. "여기서 뭐 하는 거야! 어서 썩 꺼져!" 결국 아이들은 빗속으로 쫓겨났다.

제비는 왕자에게 돌아가 자기가 본 것들을 말했다.

"나는 황금으로 덮여 있단다." 행복한 왕자가 말했다. "그걸 벗겨 내서 나의 가난한 사람들에게 나눠주렴. 살아 있는 자들은 금이 있으면 행복해질 수 있다고 희망을 갖기 마련이잖니."

제비가 왕자의 말대로 황금을 벗겨 내 가난한 사람들에게 나눠주기 시작했다. 한 장, 한 장 벗겨 낼수록 행복한 왕자는 점차 생기 없는 잿빛이 되어갔고, 한 장, 한 장 전해줄수록 아이들의 얼굴은 점차 밝아졌다. "우리 집에도 빵이 있어!" 이윽고 거리는 온통 아이들

# 행복한 왕자.

이 웃고 뛰노는 소리로 가득해졌다.

눈이 내렸다. 눈이 내린 다음에는 서리가 찾아왔다. 온 거리가 온통 은으로 도배한 듯 반짝였다. 처마에는 고드름이 달리고, 사람들은 모두 털옷 차림이 되었다. 아이들은 다홍색 모자를 쓰고 얼음 위에서 스케이트를 탔다.

가여운 작은 제비는 너무 추워서 견딜 수 없었다. 그렇다고 왕자를 떠날 수는 없었다. 어느새 왕자를 사랑하게 되었기 때문이다. 제비는 빵집 주인이 보고 있지 않을 때 가게 앞으로 얼른 가서 떨어진 빵 부스러기를 주워 먹었다. 그리고 몸을 덥히기 위해 날개를 파닥거리곤 했다.

제비는 알고 있었다. 이제 자신이 곧 죽으리라는 사실을. 제비는 마지막으로 왕자의 어깨 위로 날아올랐다. "안녕히 계세요, 우리 왕자님!" 제비가 속삭였다. "왕자님 손등에 입 맞춰도 될까요?"

"드디어 이집트로 가는구나, 작은 제비야" 행복한 왕자가 말했다. "맞아. 넌 너무 오랫동안 머물렀어. 손등

말고 입술에 입 맞춰주지 않을래? 사실 난 널 많이 사랑하고 있단다."

"이집트로 가는 게 아니에요." 제비가 말했다. "저는 죽음의 집으로 간답니다. 죽음은 잠의 형제일 뿐이라던데 그 말이 맞겠지요?"

제비는 왕자의 입술에 입을 맞추었다. 그리고 힘없이 아래로 떨어졌다. 제비는 그렇게 왕자의 발밑에서 숨을 거두었다.

그리고 바로 그 순간, 왕자의 몸 안에서도 무언가 부서지는 소리가 났다. 납으로 만들어진 심장이 둘로 쪼개지는 소리였다. 그날은 몸서리치게 지독한 서리가 내리던 날이었다.

다음 날 이른 아침, 시장은 시의원들과 광장을 거닐었다. 기둥에 이르렀을 때 그들은 왕자의 동상을 올려다보았다. "이게 대체 무슨 일이야! 행복한 왕자가 이렇게 추레하게 되다니!" 깜짝 놀란 시장이 외쳤다.

"정말 추레하군요!" 시장의 말이라면 무조건 맞다고 아첨을 떠는 시의원들이 입을 모아 말했다. 그들은 기

# 행복한 왕자.

둥 위로 올라가 왕자의 동상을 유심히 살펴보았다.

"검에 박혀 있던 루비도 떨어져 나갔고, 눈도 없어졌잖아. 금도 다 벗겨지고!" 시장이 말했다. "거랭뱅이보다 더 거지 같군!"

"거렁뱅이보다 더 거지 같지요!" 시의원들이 말했다.

"그리고 새는 왜 여기서 뒈져 있는 거야!" 시장이 말을 이었다. "새들은 이 도시에서 죽어서는 안 된다는 법을 만들어야 합니다. 당장요!" 그러자 옆에 있던 서기가 얼른 그 말을 받아 적었다.

한 예대 교수는 왕자의 동상을 두고 다음과 같이 평했다. "더 이상 아름답지 않다는 것은, 더 이상 필요하지 않다는 말입니다." 그래서 사람들은 왕자의 동상을 끌어 내렸다.

행복한 왕자는 용광로로 보내 녹여졌다. 시장은 왕자를 녹인 금속으로 무엇을 만들지 논의하기 위해 시의회를 소집했다. "다른 동상을 만듭시다." 시장이 말했다. "물론 제 동상이어야겠지요."

"아닙니다! 제 동상을 만들어야 합니다!" 시의원들은

서로 고함을 지르고 주먹다짐을 했다. 내가 들은 바로는 그들은 아직까지 계속 싸우고 있다고 한다.

"정말 희한한 일이로군!" 용광로의 공장장이 말했다. "이 심장은 납인데도 용광로에서 녹지를 않네. 그냥 갖다 버려야겠다." 그래서 공장장은 납 심장을 쓰레기통에 버렸다. 죽은 제비를 버린 그 쓰레기통에.

그날 신께서는 한 천사에게 명을 내렸다. "저 도시에서 가장 귀중한 것 두 개를 내게 가져오너라." 그래서 천사는 부서진 납 심장과 죽은 제비를 택해 그것들을 가지고 하늘로 올라갔다.

"참으로 올바르게 가져왔구나." 신이 말했다. "그 작은 새는 천국의 정원에서 노래를 부를 것이고, 행복한 왕자는 황금의 도시에서 나를 찬양할 것이다. 영원히."

# The Nightingale and the
# Rose.

나이팅게일과 장미.

## 나이팅게일과 장미.

"**교**수님의 따님이 말했어. 무도회에서 같이 춤추고 싶으면 빨간 장미를 가져오라고." 젊은 학생이 혼잣말을 하고 있었다. "하지만 우리 정원에는 그런 장미가 없는걸."

근처 나무에 둥지를 틀고 있던 나이팅게일은 의도치 않게 그 말을 엿듣게 되었다. 호기심이 생긴 나이팅게일은 나뭇잎 사이로 학생을 지켜봤다.

"한 송이도 없다고!" 결국 학생은 절규했고 그의 아름다운 눈에는 눈물이 고였다. "아! 행복이란 게 이토록 소소한 것에 달려 있다니! 난 현명한 이들이 쓴 책이란 책

# 나이팅게일과 장미.

은 전부 읽었고, 또 철학의 정수까지 습득했다고 자부했건만, 고작 장미 한 송이 때문에 내 삶이 이렇게 초라해지는구나!"

"드디어 진정한 사랑에 빠진 사람을 찾았네." 나이팅게일이 말했다. "난 밤이면 밤마다 그런 사람을 노래했는데, 밤이면 밤마다 별들에게 그런 이의 이야기를 해주었는데. 그런데 사실 난 그가 어떤 사람인지 몰랐어. 이제야 이렇게 보게 되는구나. 그의 머리카락은 히아신스처럼 까맣고, 입술은 그가 그토록 원하는 장미처럼 빨개. 하지만 격정으로 얼굴은 아이보리처럼 창백하고, 근심으로 이마에는 그늘이 가득 졌어."

"바로 내일 저녁이군. 왕자님이 주최하는 무도회가 열리는 날이." 학생은 중얼거렸다. "그녀도 참석하겠지. 나한테 빨간 장미가 있다면 그녀와 동이 틀 때까지 춤을 출 수 있을 텐데. 그녀를 내 품에 안고, 그녀의 머리를 나의 어깨에 기대게 하고, 그녀의 손을 꼭 쥘 수 있을 텐데. 하지만 내겐 빨간 장미가 없어. 그곳에서 나는

홀로 외롭게 앉아 있겠구나. 그녀는 나한테 관심도 주지 않고 그냥 지나쳐버리겠지. 내 마음은 부서져버릴 거야!"

"드디어 진정한 사랑에 빠진 사람을 만났네." 나이팅게일이 말했다. "내가 노래했던 것이 그에게는 아픔이었고, 내가 기뻐했던 것이 그에게는 고통이었구나. 사랑은 정말이지 놀라운 것이야. 에메랄드보다 귀하고 오팔보다 소중한 것. 진주와 석류로도 살 수 없지만, 시장에서 팔지조차 않는 것. 상인들이 매입할 수도 없지만, 금으로 저울질조차 할 수 없는 것."

"연주자들은 자리를 잡고," 학생은 계속해서 한탄했다. "악기의 줄을 튕기며 연주를 시작하겠지. 내 사랑도 하프와 바이올린 소리에 맞춰 춤을 출 거야. 발이 바닥에 닿지 않을 정도로 사뿐사뿐. 그 모습을 본 옷을 화려하게 차려입은 궁전 사람들은 그녀를 둘러싸고 춤을 청하겠지. 하지만 그녀는 나와는 춤춰주지 않을 거야. 나에게는 빨간 장미가 없으니깐!" 결국 학생은 잔디밭에

# 나이팅게일과 장미.

주저앉아 손으로 얼굴을 감싸고 울음을 터트렸다.

"왜 울고 있는 거야?" 그 옆을 바삐 지나가던 꼬리를 하늘로 치켜세운 작은 초록색 도마뱀이 물었다.

"왜 울고 있는 거야?" 햇살을 따라 나풀거리던 나비도 물었다.

"왜 울고 있는 거야?" 데이지꽃도 나긋나긋한 목소리로 이웃에게 물었다.

"빨간 장미가 없어서 울고 있어요." 나이팅게일이 답했다.

"고작 빨간 장미 때문이라고?" 모두 어이가 없다는 듯 소리쳤다. 냉소적인 성격인 작은 도마뱀은 큰 소리로 비웃기까지 했다. "하! 기가 막혀 말도 안 나오는군!"

학생의 사연을 알고 있던 나이팅게일은 그냥 조용히 나무에 앉아 사랑의 신비에 대해 생각했다.

그런데 무슨 생각이 들었는지 갑자기 갈색 날개를 펼쳐 하늘로 날아올랐다. 나이팅게일은 그림자처럼 수풀을 넘고 정원을 가로질렀다.

# 나이팅게일과 장미.

정원 가운데에는 아름다운 장미가 핀 나무가 있었다. 나이팅게일은 그 나무로 날아가 가지에 앉았다.

"빨간 장미 한 송이만 주세요." 나이팅게일이 다급한 목소리로 말했다. "그러면 제가 세상에서 제일 달콤한 노래를 불러드릴게요."

하지만 나무는 고개를 가로저었다.

"보다시피 내 장미는 하얗단다." 나무는 대답했다. "바다의 거품처럼 하얗고, 만년설보다도 더 하얗지. 하지만 해시계 근처에 있는 내 형제에게 가보렴. 네가 원하는 걸 찾을 수 있을지도 몰라."

그래서 나이팅게일은 해시계 근처의 장미 나무에게 날아갔다.

"빨간 장미 한 송이만 주세요." 나이팅게일이 다급한 목소리로 말했다. "그러면 제가 세상에서 제일 달콤한 노래를 불러드릴게요."

하지만 나무는 고개를 가로저었다.

"보다시피 나의 장미는 노랗단다." 나무가 대답했다.

## 나이팅게일과 장미.

"호박으로 만든 왕좌에 앉아 있는 인어공주의 머리카락처럼 노랗고, 풀을 베기 전의 목초지에 피어 있는 수선화보다도 더 노랗지. 하지만 학생의 창문 아래에 있는 내 형제에게 가보렴. 네가 원하는 걸 찾을 수 있을지도 몰라."

그 나무는 나이팅게일이 둥지를 튼 나무였다. 나이팅게일은 학생의 창문 아래에 있는 나무에게로 돌아갔다.

"빨간 장미 한 송이만 주세요." 나이팅게일이 다급한 목소리로 말했다. "그러면 제가 세상에서 제일 달콤한 노래를 불러드릴게요."

하지만 나무는 고개를 가로저었다.

"그래, 지금은 한 송이도 없지만 내 장미는 빨갛단다." 나무가 대답했다. "비둘기의 발처럼 붉고, 바닷속 동굴에서 이리저리 흔들리는 산호보다도 붉지. 하지만 겨울은 내 잎맥을 얼어붙게 했고, 서리는 꽃봉오리에 상처를 입혔어. 그리고 폭풍은 가지를 부러뜨렸단다. 그래서 올해는 꽃을 피우지 못할 것 같구나."

## 나이팅게일과 장미.

"한 송이!" 나이팅게일이 말했다. "딱 한 송이면 돼요! 무슨 방법이 없을까요?"

"방법이 없는 건 아니지만……" 나무가 대답했다. "너무 끔찍해서 말할 엄두도 나지 않는구나."

"말해주세요." 나이팅게일이 말했다. "전 두렵지 않아요."

"빨간 장미를 피게 하려면," 나무가 말했다. "달빛을 머금은 노래로 꽃을 깨워야 한단다. 심장을 내 가시에 찔린 채로 말이지. 그것도 밤새도록. 그러면 너의 피가 나의 잎맥으로 흘러들어 장미를 붉게 물들일 거야."

"빨간 장미 한 송이를 얻기 위해서는 죽음이라는 큰 값을 치러야 하는구나." 나이팅게일이 한탄했다. "생명은 누구에게나 소중한 것. 나에게도 마찬가지야. 푸른 숲에서 앉아 황금 마차를 탄 태양님과 진주 마차를 탄 달님을 보는 것이 얼마나 큰 기쁨이었는데. 산사나무와 계곡에 숨겨진 블루베리, 언덕에 흩날리는 히스꽃 향기는 또 얼마나 달콤했었는데. 하지만 사랑은 생명보다

# 나이팅게일과 장미.

위대한 것. 어찌 새의 심장을 인간의 사랑에 견줄 수 있으리오."

말을 마친 나이팅게일은 갈색 날개를 펼치더니 학생에게로 날아갔다.

학생은 여전히 잔디밭에 누워 있었다. 그의 눈가에는 아직 마르지 않은 눈물이 맺혀 있었다.

"행복하세요!" 나이팅게일이 소리쳤다. "부디 행복하세요! 당신은 빨간 장미를 갖게 될 거예요. 제가 달빛을 머금은 노래로 장미를 피우고, 제 심장의 피로 붉게 물들일게요. 바라는 게 있다면 그건 당신이 진정한 사랑을 이루는 것이랍니다. 사랑은 현명하니까요. 철학보다 더요. 사랑은 강하니까요. 권력보다 더요. 사랑의 날개는 찬란하고, 그 몸은 불꽃 같으니까요. 입술은 꿀처럼 달콤하고, 숨결은 유향처럼 향기로우니까요."

나이팅게일의 소리를 들은 학생은 일어나 앉았다. 하지만 그 작은 새의 말을 이해할 수는 없었다. 안 그래도 그는 책에 쓰인 것들 말고는 이해할 수 있는 게 거의 없었다.

그러나 나이팅게일의 말을 듣고 있던 장미 나무는 마음이 아려왔다. 나무는 자신의 가지에 둥지를 튼 나이팅게일을 무척이나 아꼈기 때문이다.

"네가 떠나면 너무 슬플 거야." 나무가 속삭였다. "마지막으로 노래를 불러주겠니?"

나이팅게일은 장미 나무를 위해 노래를 불렀다. 작은 새의 목소리는 아름답기 그지없었다.

나이팅게일이 노래를 마치자 학생은 벌떡 일어나더니 주머니에서 연필과 노트를 꺼냈다.

"새의 노래에도 형식이 있네." 학생은 잔디밭을 거닐면서 중얼거렸다. "그걸 부정할 수는 없겠군. 하지만 새에게도 감정이 있을까? 아마도 없겠지. 그렇다면 여느 흔해빠진 예술가들과 똑같군. 표현만 있고 진정성은 없다는 점이. 그러니 남을 위해 희생하는 행동도 없겠지. 오직 예술만을 생각할 테니깐. 그래서 모두가 예술을 이기적인 행위라고 하는 거야. 그래도 저 목소리에서

# 나이팅게일과 장미.

나오는 음률만큼은 정말 아름답군. 감탄스러워. 아무 의미도, 아무 행동도 없다는 게 안타까울 정도네." 말을 마친 학생은 방으로 돌아가 침대에 누웠다. 그리고 그녀를 생각하더니 이내 잠이 들었다.

얼마 후, 하늘에서는 달빛이 은은하게 흘렀다. 나이팅게일은 장미 나무에게 날아갔다. 마음의 준비를 마친 나이팅게일은 그 작은 가슴을 날카로운 가시에 박았다. 그리고 그 상태로 노래를 부르기 시작했다. 수정 같은 차가운 달도 몸을 숙여 나이팅게일의 노랫소리에 귀를 기울였다. 시간이 지날수록 가시는 점점 더 깊게 나이팅게일의 가슴을 파고들었다. 작은 새의 심장에서는 빨간 피가 빠져나와 가시와 가지를 적셨다.

나이팅게일은 첫 곡으로 소년 소녀의 마음에서 피어난 사랑의 탄생을 노래했다. 노래가 이어지자 가지 끝에서는 아름다운 꽃잎이 한 잎, 두 잎 피어나기 시작했다. 그러나 잎은 아침의 발처럼, 혹은 강가에 깔린 안개처럼 창백했고 새벽의 날개만큼 은빛이었다. 은거울에

# 나이팅게일과 장미.

비친 그림자, 연못에 비친 그림자 같은 장미였다.

장미 나무는 나이팅게일에게 더 깊게 찔려야 한다고 소리쳤다. "더 깊숙이, 나이팅게일아! 장미가 완전히 피기 전에 날이 밝겠어!"

나이팅게일은 가시를 향해 가슴을 더 밀었다. 노래도 더 크게 불렀다. 이번에는 처녀와 총각의 마음을 타오르게 하는 정열의 탄생을 노래했다.

그러자 장미 잎이 살짝 핑크색을 띠었다. 마치 새신랑이 신부에게 키스했을 때 얼굴에 나타난 홍조와도 같은 색이었다. 하지만 가시는 아직 나이팅게일의 심장에 닿지 않았고, 장미 속은 여전히 흰색이었다.

장미 나무는 나이팅게일에게 더 깊게 찔려야 한다고 소리쳤다. "더 깊숙이, 나이팅게일아! 장미가 완전히 피기 전에 날이 밝겠어!"

나이팅게일은 한 번 더 가슴을 가시쪽으로 밀었다. 그러자 결국 가시가 작은 새의 심장에 닿았다. 나이팅게일은 극심한 고통을 느꼈다. 하지만 고통이 격렬해질수

# 나이팅게일과 장미.

록 나이팅게일은 노래를 더 크게 불렀다. 이번에는 죽음을 통해 완벽해지는 사랑, 무덤에 묻혔어도 퇴색하지 않는 그런 사랑을 노래했다.

그러자 마침내 장미가 진홍색을 띠기 시작했다. 해가 뜨는 동쪽 하늘의 색깔이었다. 꽃잎뿐만 아니라 꽃 안쪽도 서서히 루비색으로 물들어갔다.

하지만 나이팅게일의 목소리는 점점 작아져만 갔다. 목에 무언가 걸린 느낌이었다. 눈도 점점 감겨갔다. 급기야 작은 날개를 파닥거렸다.

그래도 나이팅게일은 포기하지 않고 마지막 소절을 불렀다. 하얀 달은 새벽이 오는 것도 잊고 하늘에 그대로 멈추어 섰다. 빨간 장미도 노랫소리를 듣고 황홀감에 몸서리치더니 결국 마지막 꽃잎을 차가운 아침 공기를 향해 활짝 열었다. 나이팅게일의 노랫소리는 메아리가 되어 언덕에 있는 자줏빛 동굴에까지 울려 그 안에서 잠을 자고 있던 양치기들을 꿈에서 깨웠다. 메아리는 멈추지 않고 강가의 갈대를 맴돌았고, 갈대는 소리를 바다에까지 전해주었다.

"이걸 봐, 나이팅게일아! 빨간 장미야!" 장미 나무가 소리쳤다. "드디어 빨간 장미가 완전히 피었어!" 하지만 나이팅게일에게서는 아무 대답도 없었다. 작은 새는 이미 심장에 가시가 박힌 채 잔디밭에 떨어져 죽어 있었다.

정오가 되었다. 학생이 창문을 열고 밖을 내다보았다.

"세상에! 저게 뭐야!" 학생은 소리쳤다. "빨간 장미잖아! 이렇게 빨간 장미는 태어나서 처음이야! 분명 무언가 긴 라틴어 학명이 있을 거야!" 학생은 몸을 아래로 내밀어 장미를 꺾었다.

그리고 서둘러 모자를 쓰고 교수의 집으로 달려갔다. 손에는 장미를 쥐고.

교수의 딸은 현관에 앉아 강아지를 발치에 앉히고 물레로 파란 실크를 뽑고 있었다.

"빨간 장미를 가져오면 나와 함께 춤을 추겠다고 했지요?" 학생이 소리쳤다. "자, 여기 세상에서 가장 빨간

## 나이팅게일과 장미.

장미가 있어요! 오늘 밤 이 장미를 가슴에 꽂고 나와 함께 춤을 추어주세요! 그러면 내가 당신을 얼마나 사랑하는지 당신도 알게 될 거예요!"

학생의 말을 들은 교수의 딸은 기뻐하기는커녕 눈살을 찌푸렸다.

"그 꽃 생각보다 내 드레스와 안 어울리겠네요." 교수의 딸이 대답했다. "그리고 시종관의 조카분이 보석을 보내왔어요. 보석이 꽃보다 비싸다는 건 잘 아시죠?"

"뭐라고요! 당신은 고마움이라는 걸 모르는 사람이군요!" 학생은 화가 나서 손에 쥐고 있던 빨간 장미를 길가에 던져버렸다. 때마침 지나가던 마차가 장미를 밟고 지나가 꽃은 산산조각 났다.

"고마움을 모르다니요!" 교수의 딸이 소리쳤다. "당신 정말 무례하군요! 당신이 대체 뭔데요? 겨우 학생 주제에! 시종관님의 조카분처럼 은장식 달린 구두도 없으면서!" 그리고 의자에서 일어나 집 안으로 들어가버렸다.

# 나이팅게일과 장미.

"아! 사랑이란 얼마나 어리석은 것인가!" 학생이 읊조렸다. "증명도 할 수 없고, 일어나지도 않을 일을 꿈꾸게 하는구나. 진실이 아닌 것을 믿게나 하고. 쓸모없기 그지없어. 요즘 같은 시대에는 실용적인 게 최고지. 난 돌아가서 형이상학이나 공부해야겠다."

학생은 방으로 돌아가 먼지가 수북하게 쌓인 책을 꺼내 읽기 시작했다.

# The Selfish Giant.

이기적인 거인.

The Selfish Giant.

## 이기적인 거인.

**학**교를 마치는 오후가 되면 아이들은 매일 거인의
정원으로 몰려가 신나게 뛰어놀았다.

거인의 정원은 정말 근사하고 넓었다. 부드러운 녹색
의 잔디가 깔려 있었고, 밤하늘을 수놓은 별들처럼 아
름다운 꽃들이 곳곳에 피어 있었다. 열두 그루의 복숭
아는 봄이 되면 우아한 핑크빛과 진줏빛의 꽃을 피웠
고, 가을이 되면 탐스러운 과일을 선물했다. 새들도 나
무에 앉아 달콤한 노래를 부르곤 했는데, 그럴 때면 아
이들도 놀던 것을 멈추고 노랫소리에 귀를 기울였다.
"여기 정말 좋다! 그치?" 아이들은 행복해했다.

# 이기적인 거인.

그러던 어느 날, 콘월에 사는 오거의 집으로 놀러 갔던 거인이 돌아왔다. 칠 년 만이었다. 거인은 엄청나게 수다를 떨다가 이제야 대화거리가 떨어져 집으로 돌아온 것이다. 오랜만에 돌아온 그의 눈에 제일 먼저 들어온 건 자신의 정원에서 뛰어놀고 있는 아이들이었다.

"이놈들! 여기서 뭐 하는 거야!" 거인이 무시무시한 목소리로 버럭 화를 냈다. 겁에 질린 아이들은 그대로 도망쳐버리고 말았다.

"여기는 내 정원이야. 나만의 것이라고! 그걸 모르는 사람은 없을 텐데!" 거인이 외쳤다. "나 말고 누구도 여기에 들어와선 안 돼!" 급기야 거인은 정원에 높은 담을 쌓고 경고문까지 써 붙였다.

## 경고문

무단으로 침입 시
강경 조치를 취할 예정

# 이기적인 거인.

거인은 정말 이기적이었다.

아이들은 불쌍하게도 이제 맘 편히 놀 곳이 없어졌다. 거리에서 놀려고 해봤지만 거긴 먼지투성이인 데다 딱딱한 돌멩이가 많았다. 아이들은 학교가 끝나면 담 주위를 서성거리며 정원을 그리워했다. "저기서 놀면 정말 재미있는데……."

시간은 흘러 봄이 되었다. 마을 곳곳에서는 꽃이 피어나고 작은 새들도 날아다녔다. 하지만 거인의 정원만은 여전히 겨울이었다. 아이들이 없자 새들도 그곳에 가서 노래를 부르는 법이 없었다. 나무들도 꽃을 피우는 것을 잊었다. 한번은 아름다운 꽃 한 송이가 잔디 위로 머리를 내밀었는데 경고문을 읽고 다시 땅속으로 들어가 잠에 들었다. 아이들이 가여운 나머지 그곳에 있고 싶지 않아서였다. 거인의 정원에서는 오직 눈과 서리만 기뻐서 날뛰었다. "봄이 이 정원은 깜박했나 봐!" 그들은 소리쳤다. "여기에서라면 좀 더 버틸 수 있

겠어!" 눈은 거대한 하얀 망토를 펼쳐 잔디를 덮어버
렸고, 서리는 나무들을 온통 은빛으로 칠했다. 그리고
북풍에게 함께 지내자고 초대했다. 그래서 북풍도 왔
다. 털옷을 입은 북풍은 하루 종일 으르렁거리며 정원
을 돌아다녔다. 북풍은 이따금 굴뚝 안으로 휘몰아치기
도 했다. "여기 진짜 끝내주는 곳이군!" 북풍이 말했다.
"야, 우박도 오라고 하자!" 그래서 우박도 왔다. 잿빛
옷을 입고 얼음 같은 숨결을 내뱉는 우박은 매일 세 시
간씩 지붕에서 기왓장이 다 깨질 때까지 덜거덕거리며
춤을 췄다. 젖 먹던 힘까지 짜내 정원을 빠른 속도로 빙
빙 돌기도 했다.

　"대체 봄은 왜 안 오는 거야." 거인이 창가에 앉아 아
직도 얼어 있는 정원을 내다보며 말했다. "날씨가 좀
따뜻해졌으면 좋겠는데."

　하지만 거인의 정원에는 결국 봄이 오지 않았다. 봄
이 오지 않으니 당연히 여름도 오지 않았다. 가을은 모

# *이기적인 거인.*

든 정원에 금빛 과일을 선물했건만 거인의 정원에는 아무것도 주지 않았다. 가을이 말했다. "이기적인 것들은 나랑 좀 안 맞아서." 그래서 거인의 정원은 일 년 내내 겨울이었다. 눈과 서리, 북풍과 우박만 신나서 나무들 사이에서 춤을 추었다.

그러던 어느 날, 거인이 침대에서 일어났는데 밖에서 사랑스런 음악 소리가 들려왔다. 너무나 달콤한 소리였기에 거인은 궁정 음악가가 지나가고 있다고 생각했다. 하지만 그건 작은 홍방울새가 지저귀는 소리였다. 정원에서 새가 지저귀는 건 무척 오랜만이어서 근사한 음악 소리처럼 들린 것이다. 우박도 거인의 머리 위에서 춤을 추던 것을 멈췄고, 북풍도 으르렁거리던 것을 멈추었다. 심지어 창문 틈 사이로 달달한 향기까지 들어왔다. "마침내 봄이 왔구나." 거인이 말했다. 그는 침대에서 일어나 창밖을 내다보았다.

그의 눈에 들어온 것은 무엇이었을까?

# 이기적인 거인.

정원에는 담에 난 작은 구멍으로 몰래 기어든 아이들이 나뭇가지에 앉아 있었다. 나무들은 아이들이 다시 돌아온 게 너무 기뻐 꽃을 가득 피워 아이들 머리 위로 부드럽게 흔들고 있었다. 새들은 날아다니며 즐거이 노래했고, 잔디 위로 피어난 꽃들도 함박웃음을 지었다. 하지만 정원에서 가장 후미진 곳은 여전히 겨울이었다. 그곳의 나무 앞에서는 한 아이가 서럽게 울고 있었다. 너무 작아 나뭇가지에 오를 수 없던 아이가 나무 주위만 빙빙 돌다가 결국 울음을 터트린 것이다. 그 나무에만 서리와 눈이 쌓여 있었고 북풍도 으르렁거리고 있었다. "자, 이리로 올라오렴." 나무가 나뭇가지를 최대한 아래로 내려주었지만 그래도 아이가 오르기엔 너무 높았다.

그 모습을 보자 얼음 같던 거인의 마음이 완전히 녹아버렸다. "아! 난 얼마나 이기적인 놈이었던가!" 거인이 말했다. "봄이 오지 않았던 이유를 이제야 알겠군.

# 이기적인 거인.

담을 무너뜨려야겠어. 저 아이부터 올려준 다음에 말이야. 이제부터 내 정원은 아이들의 놀이터야." 거인은 진심으로 뉘우쳤다.

거인은 계단을 내려가 천천히 현관문을 열었다. 그리고 조용히 정원으로 나갔다. 하지만 아이들은 거인이 나오는 모습을 보고 모두 겁에 질려 도망쳐버렸다. 정원은 언제 그랬냐는 듯 다시 겨울이 되었다. 그런데그 작은 아이만은 도망치지 않고 있었다. 눈에 눈물이가득 차 거인이 오는 것을 보지 못했기 때문이다. 거인은 아이의 뒤로 다가가 조심히 안아 나무에 올려주었다. 그러자 그 나무에 꽃이 활짝 피었다. 새들도 날아와서 노래를 불렀다. 아이는 두 팔을 뻗어 거인의 목을 안고 뺨에 뽀뽀해주었다. 그 모습을 본 다른 아이들도 다시 정원으로 돌아왔다. 아이들이 돌아오자 봄도 돌아왔다. "자, 이제부터 여기는 너희들 정원이다." 거인이 말했다. 그리고는 거대한 도끼를 들어 담을 무너뜨려버렸다. 정오가 되자 사람들은 밖으로 나왔다가 세상 가장 아름다운 정원에서 거인이 아이들과 함께 뛰놀고 있는 모습을 봤다.

거인과 아이들은 하루 종일 함께했다. 그러다 어느덧 저녁이 되었다. 아이들은 거인에게 인사를 하고 집으로 돌아가려 했다.

"그런데 그 작은 아이는 어디 있니?" 거인이 말했다. "내가 나무에 올려준 녀석 말이다." 아이가 뽀뽀를 해 주었기 때문에 거인은 그를 제일 예뻐했다.

"모르겠어요." 아이들이 대답했다. "먼저 갔나 봐요."

"내일도 놀러 오라고 꼭 전해주렴." 거인이 말했다. 하지만 아이들은 그 아이를 오늘 처음 봤으며 어디에 사는지도 모른다고 했다. 거인은 너무나 아쉬운 마음이 들었다.

이후로도 계속 아이들은 학교를 마치면 거인에게 가서 놀았다. 하지만 그 작은 아이는 다시 나타나지 않았다. 거인은 아이들을 모두 아꼈지만 그래도 그의 첫 친구를 그리워했다. "그 애가 얼마나 보고 싶은지 모를 거다." 거인은 종종 그런 말을 하곤 했다.

시간이 흘렀다. 거인은 많이 늙고 쇠약해졌다. 거인은 더 이상 아이들과 놀 수 없게 되었다. 이제는 커다란 안락의자에 앉아 아이들이 노는 모습을 바라볼 뿐이었다. 정원을 바라보던 그가 나지막이 읊조렸다. "나에게는 참 아름다운 꽃이 많이 있구나." 그가 말했다. "하지만 제일 아름다운 꽃은 아이들이지."

어느 겨울날 아침이었다. 잠에서 깬 거인은 옷을 입으면서 창문을 내다보았다. 그도 이제 겨울이 싫지 않았다. 봄도 잠을 자고 꽃들도 쉬고 있을 뿐이란 걸 알았기에.

그런데 믿을 수 없는 광경이 눈에 들어왔다. 거인은 잘못 봤나 싶어 눈까지 비볐다. 정원에서 가장 후미진 곳의 나무만 하얀 꽃으로 뒤덮여 있었다. 가지는 모두

금빛이었고, 은빛 과일들이 매달려 있었다. 그리고 그가 그토록 그리워했던 아이가 그 밑에 서 있었다.

거인은 너무 기뻐 계단을 뛰어 내려갔다. 그리고 잔디밭을 가로질러 아이에게로 갔다. 그런데 아이에게 다가가자 아이의 손바닥에 큰 못 자국이 나 있는 게 보였다. 작은 발에도 말이다. 거인은 화가 머리끝까지 났다. "감히 누가 네게 이런 짓을 한 거냐!"

"누가 그랬냐고!" 거인이 소리쳤다. "말해다오! 내가 당장 가서 죽여버리겠다!"

"그런 게 아니에요." 아이가 대답했다. "이건 사랑의 상처예요."

"당…… 당신은 누구십니까?" 알 수 없는 경외심에 사로잡힌 거인은 아이 앞에 무릎을 꿇으며 물었다.

아이는 거인을 향해 웃어 보였다. 그리고 입을 열었다. "전에 아저씨가 아저씨 정원에서 놀게 해주었죠? 오늘은 저랑 제 정원으로 가서 놀아요. 천국에 있는."

## 이기적인 거인.

오후가 되었다. 아이들은 여느 때와 마찬가지로 거인의 정원으로 놀러 왔다. 그날 아이들은 하얀 꽃이 가득 피어 있는 나무 아래에 조용히 누워 있는 거인을 보았다.

# The Devoted Friend.

헌신적인 친구.

# 헌신적인 친구.

어느 날 아침이었다. 연못 근처에 살고 있던 한 늙은 물쥐가 쥐구멍에서 나왔다. 물쥐의 눈은 반짝거렸고, 잿빛의 수염은 뻣뻣했으며, 고무 같은 꼬리는 검고 길었다. 그리고 때마침 연못에는 새하얀 몸에 빨간 다리를 가진 엄마 오리가 카나리아처럼 노란 새끼 오리들에게 자맥질을 가르치고 있었다.

"물속에서 먹이를 먹을 때 똥꼬를 제대로 치켜들지 않으면 베스트 오리가 될 수 없단다." 엄마 오리는 거듭 강조하며 시범을 보였다. 하지만 새끼 오리들은 엄마 오리의 가르침에 별로 관심이 없는 듯했다. 너무 어

려서 왜 베스트 오리가 되어야 하는지 몰랐기 때문이
다.

"이런, 물에 빠져 죽을 놈들 같으니라고!" 늙은 물쥐
가 소리쳤다. "엄마가 가르쳐주면 열심히 배워야지!"

"그런 말씀 마세요." 엄마 오리가 대답했다. "애들이
원래 다 저렇죠. 그리고 모름지기 부모는 참을 줄도 알
아야 하지요."

"난 부모 마음은 잘 모른다네." 물쥐가 말했다. "가
정적인 물쥐가 아니었거든. 실은 결혼도 안 했어. 관심
도 없었지. 게다가 사랑보다는 우정이 더 중요하다고
믿고 있어. 특히 헌신적인 우정이야말로 이 세상에서
가장 고귀하고 보기 드문 것이지."

"그럼 그 헌신적인 우정이 뭐라고 생각하시는데요?"
바로 옆 버드나무에 앉아 있다가 우연히 대화를 듣게
된 녹색 홍방울새가 물쥐에게 물었다.

"나도 궁금하네요." 헤엄치면서 아이들에게 계속 시

# 헌신적인 친구.

범을 보이던 엄마 오리도 거들었다.

"바보 같은 질문이군!" 물쥐가 말했다. "헌신적인 친구란 당연히 가진 걸 몽땅 나한테 퍼주는 친구를 말하지."

"그러면 그 보답은 어떻게 하고요?" 홍방울새가 작은 날개를 파닥거려 은빛 물보라를 일으키며 되물었다.

"보답? 그딴 걸 왜 해?" 물쥐가 대답했다.

"음…… 그렇다면 제가 이야기 하나 들려드려도 될까요?" 홍방울새가 말했다.

"나에 대한 이야기인가?" 물쥐가 물었다. "그렇다면 한번 들어보도록 하지. 내가 또 이야기라면 아주 좋아하거든."

"물론 할아버지의 이야기이기도 해요." 홍방울새가 대답했다. 그리고 연못가로 내려와서 이야기를 시작했다.

# 헌신적인 친구.

"옛날 옛날에 땅딸보 한스라는 사람이 살았어요."

"그 친구 잘생겼었나?" 물쥐가 물었다.

"아뇨." 홍방울새가 대답했다. "전혀요. 그냥 둥근 얼굴에 푸근한 인상이었어요. 하지만 정직하고 친절했죠. 한스는 작은 오두막에서 혼자 살았답니다. 화원을 운영하면서요. 한스의 화원은 마을에서 가장 아름다운 화원이었어요. 수염파랭이꽃, 비단향무꽃, 냉이, 크레이프 재스민, 그리고 덴마크 장미, 노란 장미를 키웠죠. 또 연보라색 크로커스, 매발톱꽃, 황새냉이, 마조람, 야생 바질, 카우슬립, 백합, 나팔 수선화와 카네이션도요. 꽃들은 매달 순서대로 피고 지어서 한스의 화원에는 항상 아름다운 꽃과 향기가 가득했지요."

"땅딸보 한스는 친구가 많았어요. 하지만 밀러와 제일 친했죠. 밀러는 한스에게 헌신적이었어요. 얼마나 헌신적이었냐면, 그는 한스의 집을 지나갈 때면 결코 그냥 가는 법이 없었답니다. 담장 너머로 화원을 들여

다보고는 꽃을 잔뜩 꺾어 가거나 달콤한 허브를 한 움
큼 뜯어 갔죠. 과일이 열리는 계절이면 자두와 체리를
주머니에 가득 채워 갔고요."

"'진짜 친구라면 모든 걸 함께 나누어야 하지.' 밀러
는 입버릇처럼 그렇게 말하곤 했어요. 그러면 땅딸보
한스도 고개를 끄덕이면서 흐뭇하게 웃었답니다. 한스
는 이토록 고결한 생각을 가진 사람이 자신의 친구라
는 게 너무 자랑스러웠죠."

"하지만 이웃들은 이런 밀러가 한스에게 아무 보답
도 하지 않는 걸 이상하게 생각했어요. 사실 밀러는 부
자였거든요. 그는 방앗간을 했는데 집에 밀가루가 무
려 백 포대나 있었고, 또 젖소도 여섯 마리나 키웠어
요. 털이 복슬복슬한 양 떼도 있었고요. 그래도 땅딸보
한스는 불만이 없었습니다. 밀러가 해주는 우정 이야
기를 듣는 것만으로도 기뻤거든요."

"한스는 참 부지런했어요. 정말 열심히 일했죠. 그래

서 경제적으로 큰 걱정 없이 지낼 수 있었습니다. 하지만 추운 겨울이 오면 상황이 달랐어요. 겨울은 그에게 아주 가혹한 계절이었죠. 장터에 내다 팔 과일도, 꽃도 없었으니까요. 그래서 항상 추위에 시달려야 했고, 말린 배나 딱딱한 견과류를 먹으면서 간신히 버텼습니다. 아무것도 못 먹고 자는 날도 허다했다니까요. 하지만 무엇보다도 힘들었던 건 외로움이었습니다. 겨울에는 친구 밀러가 와주지 않았거든요."

"'눈이 쌓여 있는 동안은 땅딸보 한스를 만나러 가는 걸 자제해야겠어.' 밀러가 그의 아내에게 말했습니다. '어려운 상황에는 혼자 내버려 두는 게 좋을 때가 있어. 방문객이 방해가 될 수도 있으니깐. 내가 생각하는 참다운 우정이란 바로 그래. 그리고 봄에 가면 한스는 나에게 프림로즈를 줄 수 있겠지. 그 친구 베푸는 기쁨을 제대로 느낄 수 있을 거라고.'"

"'당신은 정말 남을 배려할 줄 아는 사람이에요.' 안

락의자에 앉아 벽난로를 쬐고 있던 밀러의 아내가 답했어요. '생각이 얼마나 깊은지. 당신이 말하는 걸 듣고 있으면 정말 흐뭇해지기까지 한다고요. 손에 금가락지를 끼고 삼층 저택에 살고 있는 신부님조차 당신처럼 우정을 아름답게 표현할 수는 없을 거예요.'"

"'한스 아저씨가 그렇게 어렵다면 당분간 우리 집에서 지내시면 안 되나요?' 밀러의 아들이 말했어요. '제 죽을 반 나눠 드리면 되잖아요. 또 제 흰 토끼도 보여 드리고 싶어요.'"

"'바보 같은 소리!' 밀러가 소리를 버럭 질렀어요. '넌 학교에서 대체 뭘 배우는 거니? 아는 게 하나도 없구나! 만약 땅딸보 한스가 우리 집에 오게 된다면 따뜻한 난로와 훌륭한 저녁, 거대한 와인 통을 보게 되겠지. 그러면 우리를 질투하게 될지도 몰라. 질투는 인간에게 가장 안 좋은 감정이지. 인성 그 자체를 망가뜨리니까. 난 땅딸보 한스의 제일 좋은 친구야! 무슨 일이 있어도 그 친구에게 나쁜 영향을 주는 행동은 하지 않을 거야. 그뿐만 아니라 그가 무슨 유혹에라도 빠지지 않나 잘 지켜봐줄 거고. 그리고 설령 한스가 우리를 질투하지 않더라도, 행여 밀가루를 외상으로 달라고 하면 어떡할 건데? 난 줄 수 없어. 밀가루와 우정은 별개의 것이거든. 글자도 다르고 뜻도 다르니까. 공과 사를 헷갈리면 안 되지.'"

"'어쩜 당신은 그렇게 맞는 말만 하세요?' 밀러의 아내가 커다란 잔에 에일을 따르며 말했습니다. '그런데 왜 이렇게 졸리죠? 교회에 와 있는 것 같아요.'"

"'행동만 뻔지르르하게 잘하는 사람은 많아.' 밀러가 대답했어요. '하지만 말을 잘하는 사람은 훨씬 드물지. 말하는 게 훨씬 더 어렵고 훌륭한 일이니깐.' 그러고는 근엄한 표정으로 맞은편에 앉아 있는 그의 아들을 보았어요. 밀러의 아들은 아버지의 말을 듣고 자신이 너무 부끄러워진 나머지 얼굴이 홍당무가 되어 고개를 푹 숙이고 있었죠. 그리고 찻잔에 닭똥 같은 눈물을 끊임없이 떨구었답니다."

"그게 끝인가?" 물쥐가 물었다.

"물론 아니죠." 홍방울새가 말했다. "이제부터가 시작이에요."

"그래? 그렇다면 이야기를 풀어가는 방식이 너무 올드한 거 아냐?" 물쥐가 말했다. "요즘에 잘나가는 이야기는 결론부터 시작해서 서론, 본론으로 간다던데. 그게 새로운 방법이라고 들었어. 전에 한 젊은이와 연못가를 거닐던 어느 비평가가 그랬거든. 그 비평가 대머리에 파란 안경을 썼었는데, 이 문제에 대해 아주 장광설을 늘어놓았지. 그리고 젊은이가 무슨 말만 하면 '흥!' 하고 콧방귀를 뀌었어. 어쨌든 난 그의 말이 맞다고 생각해. 아무튼, 뭐, 이야기 계속하게나. 그런데 말이야 난 밀러가 아주 마음에 드는군. 나도 고상한 생각 좀 하는 편이라 동질감이 느껴지네."

# 헌신적인 친구.

"그러시다면." 홍방울새는 폴짝 뛰어 다른 발로 바꿔 서서 이야기를 계속했다. "드디어 겨울이 지나가고 봄이 왔어요. 프림로즈가 별 모양의 창백한 노란 꽃을 피웠죠. 밀러는 아내에게 땅딸보 한스를 만나러 가보겠다고 했어요."

"'당신은 정말 따뜻한 마음을 가졌군요!' 아내가 감탄했어요. '항상 남을 먼저 생각하잖아요. 꽃 담을 바구니 잊지 말고 가져가세요. 아주 큰 바구니로.'"

"밀러는 풍차 날개를 튼튼한 쇠사슬로 묶은 다음에 언덕을 내려갔어요. 물론 바구니도 들고요."

"'땅딸보 한스, 잘 지냈나?' 한스의 집에 도착한 밀러가 말했습니다."

"'이게 누구야!' 삽질을 하고 있던 한스는 밀러를 보자 입이 귀에 걸릴 만큼 웃으며 기뻐했어요."

"'겨울은 잘 보냈고?' 밀러가 물었죠."

"'물어봐줘서 고마워. 정말로.' 땅딸보 한스가 답했

어요. '실은 겨우내 몹시 힘들었어. 하지만 이제 봄이 왔으니 좋은 일만 있겠지. 꽃들도 잘 피었고.'"

"'아내랑 종종 자네 이야기를 했어.' 밀러가 말했어요. '어떻게 지내는지 많이 궁금했거든.'"

"'역시 자넨 친절해.' 한스가 말했죠. '그런 줄도 모르고 난 자네가 날 잊은 게 아닌가 걱정했지.'"

"'그렇게 생각했다니 서운한걸.' 밀러가 말했어요. '우정이란 무슨 일이 있어도 변해서는 안 되는 법이야. 그게 바로 우정의 위대한 점이지. 물론 자네는 그러한 인생의 시적인 면을 이해하긴 힘들겠지만. 그나저나 프림로즈가 정말 사랑스럽게 피었군.'"

"'정말 예쁘지.' 땅딸보 한스가 말했어요. '이렇게나 많이 피었다니 내가 운이 좋았어. 이제 이 녀석들을 장터에 가지고 가서 시장님 따님에게 팔 생각이야. 돈이 생기면 손수레를 다시 찾아올 수 있을 거야.'"

"'손수레를 찾아오다니? 그 중요한 걸 팔았다고? 어

째서 그런 바보 같은 짓을!'"

"'그럴 수밖에 없었어.' 한스가 말했어요. '겨울이 너무 힘들었거든. 정말 빵 살 돈이 한 푼도 없었어. 그래서 처음에는 주일날 입는 옷의 은 단추를 떼어다 팔았고, 다음에는 은 목걸이. 그리고 담뱃대를 팔았지. 그러다 결국 손수레까지 팔게 되었지 뭔가. 하지만 이제 다시 살 수 있을 거야.'"

"'한스.' 밀러가 말했어요. '내 손수레를 자네에게 주겠네. 그다지 좋은 건 아니야. 한쪽 면은 부서졌고 바큇살에도 문제가 있긴 하지만. 그래도 자네에게 주겠네. 나도 알아, 내가 너그러운 사람이란 걸. 그리고 그 귀한 걸 자네에게 줬다고 하면 날 바보라고 비웃는 사람도 있겠지. 하지만 난 세상 사람들과는 다르다네. 너그러움이야말로 우정의 본질이라고 믿거든. 게다가 나에게는 새 손수레가 있으니 맘 편히 받으시게.'"

"'정말인가? 고맙네! 고마워!' 기쁨으로 둥근 얼굴에

웃음이 가득해진 한스가 말했어요. '그리고 마침 집에 널빤지도 있어서 수레 고치는 건 일도 아니야.'"

"'널빤지가 있다고?' 밀러가 말했어요. '안 그래도 창고 지붕 고칠 널빤지가 필요했는데. 지붕에 큰 구멍이 났거든. 빨리 고치지 않으면 옥수수가 다 젖어버릴 거야. 마침 자네한테 널빤지가 있다니 정말 다행이군! 선행이 또 다른 선행을 낳는다는 건 근사한 일이야. 그러면 내가 자네에게 손수레를 준다고 했으니 자넨 널빤지를 주게. 물론 손수레가 훨씬 비싸지만 친구 사이에 그런 게 중요하겠나? 어서 가져오게. 오늘 당장 고쳐야겠어.'"

"'알았어!' 한스가 대답했어요. 그리고 헛간으로 달려가 널빤지를 끌고 왔죠."

"'생각보다 크지 않군.'" 밀러가 널빤지를 보며 말했지요. "'지붕을 고친 다음에 손수레까지 고치려면 턱없이 부족하겠는걸. 하지만 그게 내 잘못은 아니잖아.

그리고 내가 손수레를 줬으니 자네도 꽃을 주고 싶겠
군. 여기 바구니가 있네. 가득 담는 걸 잊지 말라고.'"

"'가득이라고?' 땅딸보 한스가 시무룩한 목소리로 말
했어요. 바구니가 정말 컸거든요. 거기에 가득 채우면
장터에 내다 팔 꽃이 하나도 남지 않을 거예요. 한스는
은 단추를 찾아오지 못할까 걱정이 되었습니다."

"'난 말이야,' 밀러가 입을 열었어요. '손수레 대가로
꽃 몇 송이 달라는 게 무리한 부탁이라고 생각되진 않
아. 그런데 설령 무리한 부탁이라고 하더라도 진짜 친
구라면 어떠한 경우에도 이기적으로 행동해서는 안 된
다네.'"

"'오, 친구여! 내 최고의 친구여!' 한스가 소리쳤어
요. '자네한테라면 기꺼이 내 화원에 있는 모든 꽃을
주겠네. 은 단추를 되찾는 것보다 자네의 이야기를 듣
는 게 훨씬 더 행복하다네!' 한스는 달려가 밀러의 바
구니에 아름다운 프림로즈를 가득 채워 왔어요."

# 헌신적인 친구.

"'그러면 잘 있게나.' 손에는 바구니를 들고, 어깨에는 널빤지를 둘러멘 밀러가 말했어요."

"'조심히 가게.' 땅딸보 한스가 말했죠. 그리고 하던 일을 계속했습니다. 한스는 손수레가 생기게 되어 무척이나 기뻤답니다."

"다음 날이었어요. 한스는 덩굴을 현관에 고정하고 있었죠. 그런데 밀러가 부르는 소리가 들렸어요. 땅딸보 한스는 사다리에서 뛰어내려 한걸음에 울타리로 달려갔지요."

"길가로 가보니 밀러가 밀가루 포대를 등에 지고 있었죠."

"'땅딸보 한스,' 밀러가 말했어요. '장터에 가서 이 밀가루 좀 팔아주지 않겠나?'"

"'이거 어떡하지…….' 한스가 말했어요. '오늘 내가 너무 바빠서 말이야. 덩굴을 고정해야 하고, 또 꽃에도 물을 주어야 하네. 잔디도 깎아야 하고.'"

"'자네…….' 밀러가 말했어요. '난 손수레까지 주겠다고 했는데 이거 너무하는 거 아닌가?'"

"'오! 그런 소리 말게.' 한스가 펄쩍 뛰었어요. '난 그렇게 배은망덕한 사람이 아니네.' 그러고는 집으로 뛰어 들어가더니 모자를 쓰고 나왔지요. 그리고 포대를 어깨에 올리고는 장터로 걸어가기 시작했습니다."

"날은 무척이나 더웠고, 길에는 먼지가 가득했어요. 한스는 여섯 번째 이정표에 도착하기도 전에 지쳐버리고 말았죠. 잠시 앉아서 쉴까 생각도 들었지만, 그래도 멈추지 않고 계속해서 갔답니다. 장터에 도착한 땅딸보 한스는 금세 밀가루를 좋은 가격에 팔았어요. 그리고 곧장 집으로 돌아가는 길을 재촉했습니다. 길에서 강도라도 만나지 않을까 걱정되었거든요."

"'아, 정말 힘든 하루였어.' 집에 도착한 땅딸보 한스는 침대로 가면서 생각했어요. '그래도 밀러의 부탁을 거절하지 않아서 기뻐. 밀러는 내 제일 친한 친구니깐.

74

더군다나 손수레까지 준다잖아.'"

"다음 날 아침 밀러는 밀가루 판 돈을 받으러 한스의 집으로 왔습니다. 하지만 땅딸보 한스는 그때까지 침대에 누워 있었지요."

"'세상에!' 밀러가 말했어요. '자넨 참 게으르군. 내가 손수레까지 준다고 했으니 더 열심히 일해야 하는 거 아닌가? 게으름이 얼마나 큰 죄악인지 몰라서 이래? 난 내 친구들 중에 나태한 사람이 있는 꼴 절대로 못 봐! 그리고 내가 너무 솔직하게 말한다고 언짢아하지 말게. 친구 아니었으면 이런 소리 하지도 않았겠지. 듣기 좋은 말로 비위 맞추는 건 누구라도 할 수 있는 거야. 하지만 진짜 친구는 듣기 싫은 말이나 마음 상하게 하는 말도 기꺼이 할 수 있어야 하는 법일세. 아니, 오히려 그렇게 말해주는 걸 고맙게 생각해야 하지. 그게 옳은 행동이라는 것 정도는 자네도 알 테니깐.'"

"'부끄러운 모습을 보였군.' 땅딸보 한스는 눈을 비

비고는 수면 모자를 벗으면서 말했어요. '그런데 새소리 들으면서 조금만 더 누워 있으려고 그랬던 거야. 난 새소리를 들으면 그날은 특히 일이 손에 잘 잡히잖나.'"

"'아, 그래? 마침 잘됐군.' 밀러는 한스의 어깨를 두드리며 말했어요. '옷 입으면 곧장 방앗간으로 와주게. 오늘 창고 지붕 좀 고쳐줬으면 좋겠어.'"

"불쌍한 땅딸보 한스는 오늘도 화원에서 일을 하지 못하게 될까 걱정이 되었어요. 벌써 이틀이나 꽃에 물을 주지 못했거든요. 하지만 그렇다고 가장 친한 친구인 밀러의 부탁을 거절하기도 싫었죠."

"'오늘 좀 바쁘다고 한다면 자넨 서운하겠지?' 한스는 기어들어 가는 목소리로 물었어요."

"'뭐……' 밀러는 대답했죠. '내가 손수레를 주겠다고 하지 않았나. 지금 무리한 부탁을 하는 건 아닌 것 같은데. 그래도 거절한다면 내가 고쳐야지.'"

"'아닐세! 아니야!' 한스가 그렇게 외치더니 당장 침대 밖으로 뛰어나가 옷을 입었어요. 그리고 밀러네 창고로 갔죠."

"한스는 온종일 그곳에서 일했습니다. 해가 저물자 밀러는 일이 어떻게 되었는지 확인하러 왔죠."

"'구멍은 다 고쳤나, 땅딸보 한스?' 밀러가 쾌활한 목소리로 물었어요."

"'물론이지.' 한스는 사다리에서 내려오면서 대답했지요."

"'타인을 위해 헌신하는 것보다 기분 좋은 노동은 없지.' 밀러가 말했어요."

"'자네의 이야기를 듣는 건 큰 특혜야.' 한스는 바닥에 앉아 이마의 땀을 닦으며 대답했어요. '정말 큰 특혜지. 난 자네처럼 근사한 생각은 하지 못할 거야.'"

"'아니야! 자네도 할 수 있어!' 밀러가 대답했어요. '하지만 조금 더 고난을 겪어야 하네. 지금 자네는 우정을 단련하고 있는 중이잖나. 언젠가 자네도 자네만의 생각을 갖게 될 거야.'"

"'정말로?' 한스가 물었습니다."

"'물론이고말고.' 밀러가 말했어요. '여하튼 지붕을 다 고쳤으니 집으로 가서 쉬게. 그리고 내일은 산으로 양 떼를 몰고 가줬으면 좋겠군.'"

"불쌍한 한스는 아무 말도 못 했어요. 그리고 다음 날 아침, 밀러가 양 떼를 몰고 한스의 오두막으로 왔습니다. 결국 땅딸보 한스는 양 떼와 산으로 갔죠. 갔다가 돌아오니 꼬박 하루가 걸렸어요. 집으로 돌아오자 너무 피곤해서 그냥 의자에서 잠이 들었답니다. 다음 날에는 해가 중천에 떠서야 일어났고요."

"'화원에서 일하기에 딱 좋은 시간이군.' 한스가 말했습니다. 그리고 곧장 일하러 떠났죠."

"하지만 오늘도 한스는 꽃을 돌볼 수 없었어요. 밀러가 와서 심부름을 시키거나 방앗간 일을 도와달라고 했거든요. 땅딸보 한스는 혹시나 꽃들이 자기들을 잊었다고 생각하지 않을까 마음이 아팠어요. 그래도 제일 친한 친구를 돕는 거라며 애써 자신을 달랬죠. 그리고 계속해서 상기했어요. '고맙게도 조만간 밀러가 손수레를 줄 거야.'"

"그날 이후로도 땅딸보 한스는 계속 밀러를 위해 일했고, 또 밀러도 우정에 대한 온갖 아름다운 말을 늘어놓았죠. 심지어 한스는 그 말을 공책에 받아 적었다가 밤에 다시 읽기까지 했습니다. 한스는 공부에도 성실했네요."

"그러던 어느 날 저녁, 한스가 난롯가에 앉아 있는데 밖에서 문 두드리는 소리가 들렸어요. 그날은 폭풍우가 매섭게 몰아치는 날이라 바람 소리겠거니 생각했죠. 하지만 문 두드리는 소리는 두 번, 세 번 계속해서 들렸습니다. 소리도 커졌고요."

"'여행객이라도 왔나?' 땅딸보 한스는 그렇게 생각하

며 현관으로 달려갔습니다."

"그런데 밖에는 밀러가 있었어요. 한 손에는 등불을, 다른 손에는 커다란 지팡이를 들고요."

"'내 친구 한스!' 밀러가 소리쳤습니다. '큰일 났네. 우리 아들이 사다리에서 떨어져서 다쳤어. 그래서 의사 선생님을 모시러 가야 하는데 선생님 사시는 곳이 많이 멀잖나. 그래서 말인데 날씨도 너무 안 좋고 하니 자네가 대신 좀 갔다 와주면 안 되겠나? 내가 자네에게 손수레를 주겠다고 했으니, 자네도 나한테 무언가 해줘야 하지 않겠어?'"

"'물론이지!' 한스가 답했어요. '나한테 찾아와줘서 고마워. 지금 당장 출발하겠네. 그런데 등불 좀 빌려줄 수 있을까? 밖이 너무 어둡군. 구덩이에 빠지거나 하면 큰일이니깐.'"

"'미안해서 어쩌지.' 밀러가 대답했어요. '이거 이번에 새로 장만한 거라서 망가지면 큰일이거든.'"

# 헌신적인 친구.

"'알겠네. 없어도 괜찮아.' 땅딸보 한스가 말했어요. 그리고 털옷을 입고, 따뜻한 진홍색 모자를 썼어요. 그리고 목도리를 두른 다음 출발했습니다."

"정말 엄청난 폭풍우였습니다. 너무 어두웠고 바람도 매우 강해서 서 있기조차 힘들었죠. 하지만 한스는 용감하게 세 시간이나 걸어가서 의사의 집에 도착했어요. 땅딸보 한스는 문을 두드렸습니다."

"'거기 누구시오?' 의사가 침실 창문으로 고개를 내밀고 물었습니다."

"'저 한스입니다, 선생님.'"

"'땅딸보 한스? 무슨 일인가?'"

"'밀러의 아들이 사다리에서 떨어져서 다쳤다고 합니다. 지금 그쪽으로 와주셨으면 합니다.'"

"'알겠네.' 의사는 그렇게 답하고는 사람들을 깨워 말과 장화, 그리고 등불을 준비시켰죠. 그리고 잠시 후 말을 타고 밀러의 집으로 향했습니다. 땅딸보 한스는 뛰어서 그 뒤를 쫓아갔고요."

"하지만 바람은 점점 더 거세지고, 비도 억수처럼 내렸어요. 그리고 앞이 너무 깜깜해 말을 따라가는 건 고사하고 한 치 앞도 안 보였어요. 결국 땅딸보 한스는 길을 잃고 위험한 황야를 헤매게 되었죠. 그러다가 결국 물이 가득 찬 깊은 구덩이에 빠져 목숨을 잃었습니다. 한스의 시신은 이튿날 염소지기가 발견해 그의 오두막에 모셨어요."

"땅딸보 한스의 장례식이 치러졌습니다. 마을 사람들 모두가 참석했어요. 다들 그를 좋아했으니까요. 밀러는 생각했어요. '내가 한스와 제일 친했으니깐 제일 중요한 역할을 맡아야지.' 검은색 상복을 입은 밀러는 장례 행렬 맨 앞에서 걸었지요. 그는 이따금 큰 손수건으로 눈물을 훔쳤답니다."

"장례식이 마치자 모두 술집으로 가서 향이 좋은 와인을 마시고 달콤한 케이크를 먹었어요. 그때 대장장이가 한마디 했죠. '땅딸보 한스를 잃은 건 모두에게 큰 슬픔이야.' 그 얘기를 듣고 밀러도 말했습니다. '나한테는 특히 그렇지. 그나저나 한스에게 손수레를 주겠다고 했는데 이제 그걸 어떻게 처리해야 할지 모르겠군. 집에 두자니 자리만 차지하고, 팔아버리자니 상태가 나빠서 얼마 받지도 못하겠고. 에이, 그래도 다시는 누군가에게 뭘 주지 말아야지. 너그러운 사람만 항상 손해잖아.'"

"그래서?" 거기까지 듣고 한참 기다리던 물쥐가 물었다.

"그게 끝이에요." 홍방울새가 말했다.

"밀러는 그 후에 어떻게 됐는데?"

"그건 나도 몰라요." 홍방울새가 대답했다. "관심도 없고요."

"넌 인정머리라곤 눈꼽만큼도 없는 애구나." 물쥐가 말했다.

# 헌신적인 친구.

"할아버지가 이 이야기의 교훈을 제대로 이해하셨는지 모르겠네요." 홍방울새가 말했다.

"뭐?" 물쥐가 소리쳤다.

"교훈요."

"이 이야기에 교훈이 있었다고?"

"물론이죠." 홍방울새가 말했다.

"그런 건 이야기를 시작하기 전에 말했어야지!" 물쥐가 화를 내며 말했다. "그랬다면 그 평론가처럼 '흥!' 이라고 콧방귀를 뀌고 이야기를 듣지 않았을 텐데! 지금이라도 해야겠군!" 물쥐는 아주 크게 '흥!!!' 하고 콧방귀를 뀌더니 꼬리를 한 번 휘젓고 쥐구멍으로 돌아갔다.

"저 할아버지 어떤 분 같아요?" 엄마 오리가 가까이 오더니 물었다. "좋은 면이 많은 분 같은데, 제가 엄마라서 그런지 왠지 딱해 보여 눈물이 다 나는군요."

"제가 화나게 만든 거 같아 좀 걱정이 되네요." 홍

방울새가 말했다. "그냥 교훈을 주고 싶었을 뿐인데……."

"그건 언제나 위험한 일이죠." 엄마 오리가 말했다.

그리고 나도 그 말에 전적으로 동감한다.

# The Remarkable Rocket.

대단한 로켓 폭죽.

The Remarkable Rocket.

## 대단한 로켓 폭죽.

**왕**자의 결혼식을 앞두고 온 나라가 떠들썩했다. 그러던 와중에 꼬박 일 년을 기다려왔던 신부가 드디어 도착한다는 소식이 전해졌다. 러시아의 공주인 신부는 여섯 마리 순록이 끄는 썰매를 타고 핀란드를 거쳐 이 땅에 온 것이다. 발까지 내려오는 하얀 털 망토를 입고 머리에는 작은 은빛 모자를 쓴 공주는 커다란 금빛 백조처럼 생긴 썰매의 날개 사이에 앉아 있었다. 공주의 얼굴은 그녀가 살았던 눈의 궁전처럼 아주 하얗고 창백했다. 그래서 사람들은 발코니에서 꽃을 뿌리면서 "하얀 장미 공주님!"이라고 외치며 열렬히 환영했다.

## 대단한 로켓 폭죽.

왕자는 공주를 맞이하기 위해 성문에서 기다리고 있었다. 꿈결 같은 보랏빛 눈과 황금빛 머리카락을 한 왕자는 공주를 만나자 한쪽 무릎을 꿇고 손에 입을 맞추었다.

"먼저 보내온 초상화는 정말 아름다웠소." 왕자가 속삭였다. "하지만 실물이 훨씬 더 아름답군요." 공주는 그 말을 듣고 얼굴이 빨개졌다.

"지금까지는 하얀 장미셨는데," 옆에 있던 어린 시종이 말했다. "이제는 빨간 장미시네요." 이 말에 모든 신하들이 즐거워했다.

그 후로 사흘 동안 사람들은 입만 열면 '하얀 장미, 빨간 장미, 빨간 장미, 하얀 장미'만 찾았다. 기분이 좋아진 왕은 그 시종의 급료를 두 배로 올리라는 명을 내렸다. 하지만 시종은 급료가 아예 없었기에 두 배로 올려봤자 아무 소용도 없었다. 그래도 이것은 큰 영광이어서 『왕궁일보』에까지 실렸다.

# 대단한 로켓 폭죽.

사흘 뒤 성대한 결혼식이 열렸다. 신랑과 신부는 손을 맞잡고 작은 진주가 달린 보랏빛 벨벳 캐노피 아래를 행진했다. 그리고 그 후로 다섯 시간 동안 피로연이 진행되었다. 왕자와 공주는 연회장 가장 높은 곳에 앉아 투명한 크리스털 잔에 담긴 술을 마셨다. 그 잔은 오직 진정으로 사랑하는 연인만이 쓸 자격이 있다고 전해졌는데, 만약 거짓된 사랑을 하는 이의 입술이 닿으면 잔은 잿빛으로 변했다고 한다.

"잔을 보세요! 여전히 투명해요! 색이 변하지 않았어요!" 어린 시종이 외쳤다. "두 분은 서로 진심으로 사랑하고 있는 게 틀림없어요!" 왕은 한 번 더 시종의 월급을 두 배로 올리라고 명했다. "성은이 망극하옵니다!" 신하들도 기뻐하며 환호했다.

피로연이 끝나자 무도회가 열렸다. 신랑과 신부는 함께 장미 춤을 추었고, 왕은 플루트를 연주했다. 왕의 연주 실력은 형편없었으나 감히 누구도 내색을 할 수 없었다. 왜냐하면 왕이었으니까. 게다가 왕이 아는 노래는 달랑 두 곡이었는데, 왕 자신도 지금 대체 어느 곡을 연주하고 있는지 몰랐다. 하지만 아무럼 어떠랴. 모두가 외쳤다. "훌륭하십니다! 전하!"

결혼식의 마지막 행사는 자정에 시작되는 화려한 불꽃놀이였다. 공주가 불꽃놀이를 한 번도 본 적이 없다고 하여 왕이 친히 화약 제조장에게 준비하라고 명한 것이다.

"불꽃놀이란 게 어떤 건가요?" 결혼식이 열리기 며칠 전, 왕을 모시고 아침 산책을 하던 중에 공주가 왕자에게 물었다.

"마치 오로라 같은 거란다." 다른 사람 질문에 끼어들기를 좋아하는 왕이 대신 대답했다. "난 별 구경보다 불꽃놀이를 더 좋아하지. 언제 나타날지 알 수 있고, 또 내 플루트 연주만큼이나 아름답거든. 그러니 너도 꼭 봐야 한다."

# 대단한 로켓 폭죽.

그래서 왕궁 정원 끝에 거대한 발사대가 설치되었고 폭죽들도 준비되었다. 화약 제조장이 사라지자 폭죽들은 떠들어대기 시작했다.

"세상은 정말 아름다워요!" 꼬마 폭죽이 말했다. "특히 저 노란 튤립 좀 보세요! 폭죽도 아닌 게 어쩜 저렇게 사랑스러울 수 있어요? 이제 곧 여행을 할 수 있게 되어서 너무 기뻐요. 여행은 생각의 폭을 넓혀준다잖아요. 편견에서도 벗어나게 해주고요."

"이 바보야. 여기는 그냥 왕궁 정원이야. 세상의 극히 일부분이지." 커다란 로만 캔들이 말했다. "이 세상이 얼마나 넓은데. 다 둘러보려면 사흘은 걸릴걸."

"사랑이 있는 곳이면 그곳이 어디든 세상인 거야." 생각에 빠져 있던 회전 폭죽이 말했다. 회전 폭죽은 어린 시절에 낡은 소나무 상자를 사랑한 적이 있었다. 그리고 그때의 실연의 상처를 자랑하듯 떠벌리고 다녔다. "하지만 이제 사랑도 유행이 끝났어. 시가 그것을 죽여버렸지. 사랑 이야기를 너무 많이 쓴 바람에 이젠 누구도 믿지 않게 되었어. 그런데 말이야 그거 알아? 진정한 사랑은 고통이고 침묵이라는 사실을. 내가 한때 그랬던 것처럼. 하지만 이젠 그조차도 아니야. 사랑은 그저 과거의 상흔일 뿐이야!"

"그렇지 않아!" 로만 캔들이 말했다. "사랑은 결코 죽지 않아. 그건 마치 달과 같은 거야. 영원히 존재할 거라고. 저기 있는 신랑과 신부를 봐. 서로 진심으로 사랑하고 있잖아. 아까 아침에 우연찮게 같은 상자에 있던 갈색의 종이 탄약이 그렇다고 했어! 그는 이 왕궁에서 일어나는 일이라면 모르는 게 없거든."

하지만 회전 폭죽은 고개를 저으며 중얼거렸다. "사랑은 죽었어. 사랑은 죽었어. 사랑은 죽었어." 그 폭죽은 같은 말을 수도 없이 되뇌면 반드시 이루어진다고 믿는 그런 부류였다.

그때 갑자기 헛기침 소리가 들렸다. 계속 사랑 타령

# 대단한 로켓 폭죽.

을 하고 있는 회전 폭죽을 제외하고는 모두가 그쪽을 바라봤다.

크고 거만하게 생긴 로켓 폭죽이 막대기 끝에 묶여 있었다. 그는 주의를 끌기 위해 계속 헛기침을 해댔다.

"에헴! 에헴!" 그가 다시 헛기침을 했다.

"정숙하시오! 정숙!" 폭음탄이 외쳤다. 폭음탄은 지방 선거 때마다 주목을 끄는 역할을 해왔기 때문에 이제는 제법 정치가다워졌다. 그래서 그는 국회에서 사용할 만한 표현을 곧잘 쓰곤 했다.

"완전히 죽었다고!" 회전 폭죽은 단말마의 절규를 외치더니 결국 쓰러져 잠에 들었다.

간신히 조용해지자 로켓 폭죽은 세 번째 헛기침을 하고 이야기를 시작했다. 그는 마치 누가 그의 회고록을 받아쓰고 있기라도 한 것처럼 매우 천천히, 그리고 또렷한 목소리로 말을 이어나갔다. 시선은 언제나 청중을 향하였고, 태도에는 기품이 넘쳤다.

# 대단한 로켓 폭죽.

"왕자님은 정말 행운아입니다." 그가 말했다. "제가 쏘아지는 날에 결혼을 하다니요. 날짜가 안 맞았더라면 이 결혼식 그저 그랬을 거예요. 뭐, 왕자들에게는 행운이 많이 따르는 편이지요."

"세상에!" 꼬마 폭죽이 말했다. "전 그 반대라고 생각했어요. 왕자님의 결혼식이라서 우리가 쏘아지는 게 아니었나요?"

"너는 그렇겠지. 하지만 난 다르단다. 왜냐하면 나는 대단한 로켓 폭죽이거든." 로켓 폭죽이 대답했다. "여러분, 저는 대단한 로켓 폭죽입니다. 대단한 부모님들로부터 태어났기 때문이죠. 제 어머니는 당대에 제일 유명한 회전 폭죽이었어요. 우아한 춤사위로 명성이 자자했죠. 수많은 인파가 보는 가운데 터지기 전까지 무려 열아홉 번이나 회전을 했고, 매번 회전할 때마다 분홍빛 별을 일곱 개나 날렸답니다. 어머니의 지름은 무려 일 미터가 넘었고, 최고급 화약으로 만들어졌죠. 그

## 대단한 로켓 폭죽.

리고 우리 아버지. 아버지는 프랑스 출생이었어요. 로
켓 폭죽이었죠. 전 아버지를 많이 닮았습니다. 공연 날
아버지는 하늘 높이 올라갔어요. 너무 높이 말이죠. 사
람들은 혹시나 아버지가 그냥 그대로 끝도 없이 올라
가지나 않을까 걱정했답니다. 하지만 우리 아버지는 기
대 이상의 것을 보여주시는 분. 하늘 저 높은 곳에서 황
금빛 비를 만들어 이 땅에 내렸습니다. 신문에서는 아
버지의 공연을 극찬했지요. 심지어 『왕궁일보』에서는
꽃불 예술의 승리라고 평했죠."

"꽃불이 아니라 불꽃이겠죠." 스파클라가 말했다.
"전에 제가 담겼던 통에 그렇게 쓰여 있었어요."

"제가 언제 꽃불이라고 했습니까. 불꽃이라고 했지."
로켓 폭죽이 진지한 목소리로 핀잔을 주자 스파클라는
주눅이 들어버렸다. 그러나 퍼뜩 자신의 존재감이 이렇
게 묻혀서는 안 된다는 생각이 들어 꼬마 폭죽을 못살
게 굴기 시작했다.

# 대단한 로켓 폭죽.

"그래서 제가 말했듯이……" 로켓 폭죽이 계속해서 말했다. "그런데 지금 뭐 말하고 있었죠?"

"당신 출생에 대해서요." 로만 캔들이 대답했다.

"아, 물론 그랬죠. 중요한 얘기를 하던 중에 훼방을 받았군요. 무례하게시리. 전 무례함을 혐오합니다. 극도로 예민한 성격이라서요. 이 세상 그 누구도 저만큼 예민하진 못할 겁니다."

"예민하다는 게 무슨 뜻이야?" 폭음탄이 로만 캔들에게 물었다.

"그게 뭐냐면 자기 발에 티눈이 있다는 이유로 다른 이도 같은 곳이 아파야 한다며 맨날 남의 발을 밟고 다니는 걸 의미해." 로만 캔들이 낮은 소리로 답했다. 하지만 폭음탄은 그 얘기를 듣고 깔깔거리고 웃었다. 어찌나 크게 웃었던지 거의 터질 뻔했다.

"이보세요. 지금 왜 웃는 겁니까?" 로켓 폭죽이 물었다. "전 하나도 안 웃긴데요."

# 대단한 로켓 폭죽.

"행복해서 그렇습니다." 폭음탄이 대답했다.

"참으로 이기적인 이유군요." 화난 목소리로 로켓 폭죽이 말했다. "당신은 무슨 권리로 행복한 거죠? 다른 폭죽들 생각도 해야죠. 특히 제 생각을요. 전 항상 제 자신에 대해 생각합니다. 그러니 다른 폭죽들도 제 생각을 해야 하는 거 아닌가요? 우리는 그런 걸 바로 공감이라고 합니다. 참 아름다운 덕목이죠. 저는 그 미덕을 많이 가지고 있습니다. 예를 들어볼까요? 오늘 밤 저에게 무슨 일이 생긴다고 가정해보세요. 그러면 모두가 불행해질 겁니다. 결혼식이 엉망이 되어버릴 테니까요. 왕자와 공주는 앞으로 행복할 수 없을 것이고, 그러면 왕도 마찬가지로 불행해지겠죠. 저는 그분이 그러한 불행을 극복해내지 못하리란 걸 잘 알고 있습니다. 제가 이렇게나 중요한 존재라는 걸 생각하면 떨려서 눈물이 나올 지경이에요."

"사람들에게 즐거움을 주고 싶으면," 로만 캔들이 소

리쳤다. "눈물 조심하세요. 우린 젖으면 큰일 나요."

"맞아요." 기분이 한결 나아진 스파클라가 말했다. "폭죽에게 있어 그건 상식 중의 상식이죠."

"상식이라뇨!" 대단한 로켓이 말했다. "여러분들은 잊고 있네요. 제가 비상식적이라는 사실을. 제가 매우 대단하다는 사실을요! 상식적이라는 건 상상력이 부족하다는 것을 말합니다. 하지만 전 상상력이 풍부해요. 절대로 현실에 안주하는 법이 없죠. 전 언제나 완전히 다른 방식으로 생각합니다. 몸이 젖지 않게 조심하라니, 여기엔 감정이 얼마나 중요한 건지 아는 폭죽이 하나도 없군요. 뭐, 그래도 괜찮습니다. 제 삶을 지탱해주는 유일한 게 있다면 세상 모든 폭죽들이 저보다 훨씬 열등하다는 사실이니까요. 전 그 진리를 하루에 일 초도 빠짐없이 마음속에 품고 살아가고 있습니다. 하지만 아무리 그래도 당신들은 왕자님과 공주님이 지금 막 결혼했는데 어떻게 웃고 즐거워할 수 있습니까!"

# 대단한 로켓 폭죽.

"왜요? 기쁜 일이잖아요." 미니 열기구가 말했다. "전 하늘로 올라가면 별들에게 아름다운 공주님 얘기를 해줄 건데. 그러면 별들도 평소보다 더 반짝이겠죠."

"삶을 바라보는 시각이 어쩜 그렇게 뻔한지!" 로켓이 말했다. "역시 당신은 제가 예상했던 그대로군요. 당신은 텅 비었어요. 내면에 아무것도 없어요. 그러니까 그렇게밖에 생각하지 못하는 거예요. 혹시 결혼 후에 왕자님과 공주님이 깊은 강이 있는 시골에서 살게 된다고 상상해본 적 있나요? 어쩌면 둘 사이에 아들 하나만 있을지도 몰라요. 왕자님을 닮아 금발 머리와 보랏빛 눈동자를 한 아이가요. 그 아이는 어느 날 유모와 함께 산책을 하러 갈 수도 있겠죠. 그리고 유모가 딱총나무 아래에서 잠깐 잠이 든 사이에 아이는 깊은 강에 빠져 죽을 수도 있습니다. 아, 이 얼마나 끔찍한 불행한 일인가요! 왕자님과 공주님은 소중한 외아들을 잃었어요! 세상에! 나였으면 절대로 이 슬픔을 견뎌낼 수 없을 겁니다."

# 대단한 로켓 폭죽.

"하지만 정말로 잃은 건 아니잖아요." 로만 캔들이 말했다. "그런 일은 일어나지 않을 겁니다!"

"저도 그렇다고 말한 적 없어요." 로켓이 말했다. "그렇게 상상할 수도 있다고 했죠. 정말로 왕자님과 공주님이 아이를 잃었다면 이런 얘기를 할 이유가 없지요. 전 소 잃고 외양간 고치는 사람들을 제일 싫어하니까요. 아무튼 그런 상상을 하면 정말 충격입니다."

"그러시겠지!" 스파클라가 말했다. "당신은 충격이란 충격은 모조리 다 받는 폭죽이니깐. 내가 만난 폭죽 중에서 제일!"

"당신은 무례란 무례는 모조리 다 범하는 폭죽이지요. 제가 만난 폭죽 중에서 제일!" 로켓 폭죽이 말했다. "그리고 당신은 이해할 수 없을 겁니다. 왕자님에 대한 저의 우정을요."

"뭐라고요? 당신 왕자님과 모르는 사이잖아요." 로만 캔들이 말했다.

# 대단한 로켓 폭죽.

"안다고 한 적 없어요." 로켓 폭죽이 대답했다. "안다고 해도 친구가 되는 일은 없을 겁니다. 누군가의 친구가 되는 건 매우 위험한 일이니까요."

"알겠으니까 몸이나 젖지 않게 조심하세요." 미니 열기구가 말했다. "그러다가 정말 큰일 나요."

"전 제 마음대로 할 겁니다!" 그리고 정말 로켓은 곡을 하다시피 눈물을 흘리기 시작했다. 눈물은 막대기를 타고 땅에 고여 마침 집을 지으려고 마른 땅을 찾던 딱정벌레 두 마리가 거의 익사할 뻔했다.

"참 낭만적인 폭죽이네." 회전 폭죽이 말했다. "울 일도 없는데 저렇게 울다니." 그리고는 깊은 한숨을 내쉬더니 다시 소나무 상자와의 추억에 잠겼다.

로만 캔들과 스파클라는 결국 로켓 폭죽 때문에 화가 폭발했다. 그들은 낼수 있는 가장 큰 목소리로 "얼토당토! 얼토당토!"라고 외쳤다. 둘은 지극히 현실적인 폭죽이라서 반대할 일이 생기면 얼토당토라고 외치곤 했

# 대단한 로켓 폭죽.

다.

　어느덧 아름다운 은색 방패와 같은 달이 떠오르고 별들도 반짝이기 시작했다. 그리고 궁전에서는 음악 소리가 흘러나오기 시작했다.

　왕자와 공주는 무도회를 이끌고 아름답게 춤을 추었다. 키가 큰 백합은 창문으로 훔쳐보았고, 빨간 양귀비꽃은 고개를 끄덕이며 박자를 맞추었다.

　이윽고 열 시를 알리는 종이 울리더니, 곧 열한 시, 그리고 자정이 되었다. 마지막 행사를 위해 왕은 모두와 함께 테라스로 나갔다. 왕은 화약 제조장을 불렀다.

　"불꽃놀이를 시작하라." 왕이 말했다. 화약 제조장은 허리를 굽혀 읍례를 하고 횃불을 든 여섯 수행원과 함께 발사대가 준비된 정원 끝으로 갔다.

　공연이 시작되었다. 공연은 참으로 대단했다.

　'쌩! 쌩!' 회전 바퀴가 하늘에서 빙글빙글 돌았고, '펑! 펑! 펑!' 로만 캔들이 힘있게 날아올랐다. 꼬마 폭죽도

# 대단한 로켓 폭죽.

궁전 위에서 춤을 췄으며, 스파클라는 사방을 노랗게 지졌다. "안녕히 계세요, 여러분!" 미니 열기구는 푸른 불꽃을 보이며 천천히 하늘로 올라갔고, '꽝! 꽝!' 신이 난 폭음탄은 천지를 진동시켰다. 모두 대성공이었다. 하지만 그 대단하다는 로켓 폭죽만은 예외였다. 로켓 폭죽은 실제로 최상품의 화약으로 만들어졌으나 눈물에 완전히 젖어 도무지 불이 붙지 않았다.

로켓이 그렇게 무시했던 다른 폭죽들은 모두 하늘로 날아올라 불꽃으로 금빛 꽃을 수놓았다. '우와!' 궁전 사람들이 감탄하는 소리는 끝이 없었고, 공주도 놀라움과 기쁨으로 어쩔 줄 몰라 했다.

"왜 나만 날아오르지 않지?" 로켓 폭죽이 말했다. "더 큰 무대를 위해 아껴두려나 보다. 분명해!"

다음 날, 철거를 위해 인부들이 왔다. "드디어 대표단이 나를 데리러 왔군." 로켓 폭죽이 말했다. "품위 있게 맞이해야지." 로켓 폭죽은 무슨 중요한 문제를 고민하

고 있는 것처럼 보이기 위해 코를 높이 쳐들고 얼굴을
찡그리고 있었다. 인부들은 그런 로켓 폭죽을 신경도
쓰지 않고 지나쳤으나 한 명은 로켓을 유심히 살펴보
았다. "이것 좀 봐!" 인부는 동료들에게 말했다. "불량
로켓이야!" 그리고는 로켓 폭죽을 성벽 너머로 휙 던져
버렸다.

"부…… 불량 로켓?" 공중에서 빙글빙글 돌며 로켓
폭죽이 말했다. "말도 안 돼. 우량 로켓이겠지. 불량과
우량은 발음이 비슷하잖아. 그래서 잘못 들을 때가 있
어." 왕궁 밖으로 내던져진 로켓 폭죽은 그대로 진흙
속에 처박혔다.

"여긴 그렇게 쾌적한 곳이 아니군." 그가 말했다. "그
래도 요즘 유행하는 온천일 거야. 내 건강을 걱정해서
여기로 보낸 걸 거야. 안 그래도 요즘 신경쇠약이라 휴
식이 필요했는데 잘됐군."

그때 빛나는 보석 같은 눈을 하고 얼룩덜룩한 녹색

# 대단한 로켓 폭죽.

코트를 입은 작은 개구리 한 마리가 로켓 폭죽 쪽으로 헤엄쳐 왔다.

"새로 오신 모양이군요." 개구리가 말했다. "탁월한 선택이십니다. 머드보다 좋은 곳은 없지요. 특히 비 오는 날에 이 개울에 있으면 전 너무도 행복하답니다. 그나저나 이따가 오후에 비가 올까요? 그랬으면 좋겠는데 하늘은 파랗고 구름 한 점 없군요. 속상하게도!"

"에헴! 에헴!" 로켓 폭죽이 헛기침을 했다.

"오호! 목소리가 참 좋으시군요!" 개구리가 말했다. "진짜 개구리 소리 같아요. 개굴개굴 소리는 세상에서 가장 아름다운 소리지요. 오늘 밤에 우리 합창단의 노랫소리를 들을 수 있을 겁니다. 저쪽에 농장 근처 오래된 오리 연못에 앉아 달이 뜨면 합창을 시작할 거예요. 모두가 우리 노래를 들으려고 잠에서 깰 만큼 황홀할 겁니다. 사실 어제도 농장 안주인이 자기 어머니에게 밤에 우리 노래를 감상하느라 한잠도 못 잤다고 하더라고요. 이렇게까지 인기가 있다니 정말 뿌듯합니다."

"에헴! 에헴!" 로켓 폭죽은 슬슬 화가 나기 시작했다. 개구리가 너무 수다스러워 도무지 말을 할 틈이 없었기 때문이다.

"정말 멋진 목소리예요." 개구리가 말을 이었다. "초대할 테니 꼭 오십시오. 아쉽지만 저는 이만 딸들을 데리러 가야 합니다. 저한테는 딸이 여섯 있지요. 그 애들이 강꼬치고기나 만나지 않을까 걱정이에요. 강꼬치고기는 그냥 괴물이지요. 아침거리로 그 애들을 한입에 먹어치울 거예요. 그러면 이만. 대화 즐거웠습니다."

"대화 좋아하시네!" 로켓 폭죽이 말했다. "말은 당신 혼자서만 했잖아요! 그게 무슨 대화입니까!"

"누군가는 들어야 하지 않습니까." 개구리가 말했다. "그리고 전 혼자 다 말하는 걸 좋아해요. 시간도 아끼고 논쟁도 막을 수 있으니까."

"전 논쟁을 좋아합니다." 로켓 폭죽이 말했다.

# 대단한 로켓 폭죽.

"전 아니에요." 개구리가 만족스러운 듯이 말했다. "논쟁은 정말로 천박한 것입니다. 상류층이라면 모두 같은 생각일 겁니다. 작별 인사를 두 번이나 하는군요. 안녕히 계세요. 저기 제 딸들이 보이네요." 그리고 개구리는 헤엄쳐서 가버렸다.

"당신 참 짜증 나는 개구리입니다!" 로켓 폭죽이 소리쳤다. "가정교육을 못 받은 것 같아요. 저처럼 하고 싶은 말이 잔뜩 있는 폭죽 앞에서 당신처럼 자기 얘기만 하는 이들 너무 싫어요. 그런 걸 이기적이라고 하는 겁니다. 이기심은 혐오스러운 거고요. 특히, 저같이 동정심 많은 폭죽은 그걸 더더욱 혐오하죠. 당신은 제 말을 열심히 들어야 합니다. 그리고 본받아야 해요. 저보다 더 훌륭한 본보기는 없을 겁니다. 게다가 지금이 당신이 더 나은 존재가 될 수 있는 마지막 기회입니다. 저는 곧 왕궁으로 돌아가야 하니까요. 사실 전 왕궁에서 총애를 받고 있습니다. 왕자님과 공주님도 저 때문에 결혼했지요. 바로 어제. 물론 당신 같은 촌놈이 뭘 알겠습니까마는.”

“계속 떠들어봤자 소용없어.” 갈색 부들 끝에 앉아 있던 잠자리가 말했다. “이미 가버렸거든.”

“그럼 그 양반 손해지요. 제 손해가 아니라.” 로켓 폭죽이 대답했다. “그리고 듣지 않는다고 해서 말을 멈출 수는 없습니다. 전 제 얘기를 듣는 게 너무 좋아요. 세상 사는 가장 큰 기쁨이거든요. 그래서 전 때때로 혼자서도 길게 얘기하곤 합니다. 가끔은 너무 똑똑하게 말해서 저조차도 이해가 가지 않을 때가 있어요.”

“그럼 어디 가서 철학 강의라도 하시든가.” 잠자리는 그렇게 말하고 아름답고 투명한 한 쌍의 날개를 펼치더니 하늘로 날아올랐다.

“또 내 얘기를 다 듣지도 않고 가버리다니. 다들 정말 멍청하군!” 로켓 폭죽이 말했다. “정신을 성장시킬 좋은 기회인데! 그걸 왜 저버리는 거야! 하지만 괜찮아.

# 대단한 로켓 폭죽.

나 같은 천재는 언젠가 인정받게 되어 있으니까." 로켓 폭죽이 말을 마치자 몸이 진흙 속으로 조금 가라앉았다.

잠시 후 다리가 노랗고 발에는 물갈퀴가 달린 하얀 오리가 그에게 헤엄쳐 왔다. 오리의 뒤뚱뒤뚱 걷는 모습은 참 아름다웠다.

"꽥, 꽥, 꽥." 오리가 말했다. "당신은 신기하게도 생겼군요. 태어날 때부터 그런 건가요, 아니면 어떤 불행한 사고 때문에?"

"당신은 이 촌구석에서만 살았던 게 틀림없군요." 로켓이 대답했다. "그렇지 않았다면 제가 누구인지 모를 리 없을 텐데요. 그래도 전 당신의 무식을 용서하겠습니다. 다른 존재들도 모두 저처럼 대단하기를 바래서는 안 되니까요. 저는 하늘을 날아올라 금빛 비를 내릴 수 있는 그런 존재입니다. 정말 놀랍죠?"

"별로요." 오리가 대답했다. "그게 무슨 소용이 있는데요? 황소처럼 밭을 간다거나, 말처럼 마차를 끈다거나, 아니면 개처럼 양을 몰 수 있다면 몰라도."

"세상에!" 로켓이 매우 거만한 목소리로 외쳤다. "당신은 하층민인 모양이군요. 저 정도 위치에 있으면 실용성 따위는 전혀 중요한 게 아닙니다. 먹고살 만하니까요. 그것도 충분히요. 그래서 당신이 말한 그런 일에는 관심이 하나도 없습니다. 힘든 일이란 그 일 말고는 할 수 있는 일이 없는 자들의 도피처일 뿐이죠."

"그렇군요." 온화한 성격으로 누구와도 마찰을 일으키지 않는 오리가 말했다. "다들 저마다의 생각이 있기 마련이니까요. 어쨌든 여기서 잘 지내기를 바랄게요."

"오, 아닙니다." 로켓이 말했다. "전 그냥 방문객이에요. 좀 많이 유명한 방문객. 그런데 여기 생각보다 지루하군요. 그래서 이제 슬슬 왕궁으로 돌아갈까 생각하고 있었어요. 전 세상을 떠들썩하게 만들어야 하는 운명이거든요."

# 대단한 로켓 폭죽.

"저도 공적인 삶을 살아볼까도 했어요." 오리가 말했다. "바로잡아야 할 일들이 많았죠. 얼마 전에도 회의에서 의장을 맡았는데, 마음에 들진 않았지만 어쩔 수 없이 통과시킨 법안이 있었어요. 하지만 그렇게까지 했는데도 별 효과가 없었죠. 그래서 지금은 전부 그만두고 집에서 가족들을 돌보고 있답니다."

"전 유명 인사가 되기 위해 태어났어요." 로켓이 말했다. "제 친척들도요. 그중 가장 재능 없는 분들조차 말이에요. 우리가 나타나면 엄청난 관심을 받죠. 전 아직 사람들 앞에 나선 적은 없지만 그렇게 된다면 정말이지 인산인해가 펼쳐질 겁니다. 그나저나 이제는 집안일만 한다니 안타깝네요. 가사 노동은 사람을 빨리 늙게 만들고 가치 있는 일에 집중하지 못하게 하잖아요."

"대단한 일을 하신다니 정말 멋져요." 오리가 말했다. "그런데 그 얘기 들으니까 갑자기 배가 고파오네요." 그리고 오리는 로켓 폭죽을 떠나 연못을 헤엄쳐

갔다. 오리는 외쳤다. "꽥, 꽥, 꽥."

"돌아와요. 돌아와!" 로켓이 말했다. "아직 할 얘기가 많아요." 하지만 오리는 들은 척도 하지 않고 가버렸다. "가버리니 참 좋군." 로켓 폭죽은 혼잣말을 했다. "마인드가 중산층이었거든." 그때 폭죽은 진흙 속으로 조금 더 깊이 잠겼다. 그러고 있자니 로켓 폭죽에게 왠지 고독함이 밀려왔다. 폭죽은 천재의 고독함에 대해 생각을 시작했다. 그때 갑자기 흰 옷을 입은 아이들이 주전자와 나뭇가지를 들고 강둑으로 달려왔다.

"분명히 대표단일 거야." 로켓 폭죽은 말했다. 그리고 또다시 품위 있게 보이려고 폼을 잡았다.

"이것 좀 봐!" 소년이 소리쳤다. "낡은 막대기야. 이런 게 왜 여기에 있지?" 소년은 도랑에서 로켓을 건져 올렸다.

"낡은 막대기라니!" 로켓이 말했다. "말도 안 돼! 골든 막대기라고 말한 거겠지. 발음이 좀 비슷하잖아. 그

# 대단한 로켓 폭죽.

런데 골든이라니! 내가 고위 대신처럼 보였나 봐!"

"주전자에 물을 끓여야 하니까," 다른 소년이 말했다. "땔감으로 쓰자!"

그래서 아이들은 나뭇가지를 쌓고 맨 위에 로켓 폭죽을 올렸다. 그리고 불을 붙였다.

"이거 사뭇 마음에 드는걸." 로켓 폭죽이 말했다. "날 낮에 쏘아 올리겠다고? 굳이 모두가 볼 수 있게?"

"이제 좀 누워 있자." 아이들이 말했다. "일어나면 주전자가 끓고 있을 거야." 그리고 아이들은 풀밭에 누워 잠이 들었다.

로켓 폭죽은 많이 젖어 있어 불이 붙기까지 꽤 오랜 시간이 걸렸다. 그러나 마침내 불은 붙었다.

"이제 나도 날아간다!" 로켓 폭죽은 똑바로 서서 자세를 잡았다. "별들보다 높이 올라갈 거야. 달보다도, 태양보다도. 아주 아주 높이 날아서……"

슉! 슉! 슉! 로켓 폭죽은 드디어 하늘로 날아올랐다.

## 대단한 로켓 폭죽.

"보고 있냐! 보고 있냐고!" 그가 외쳤다. "야호! 난 역시 성공했어!"

하지만 아무도 보는 이 없었다.

얼마 지나지 않아 로켓 폭죽의 몸이 따끔거려 왔다.

"이제 터지려나 봐!" 그가 말했다. "세상을 불로 뒤덮어야지! 무시무시한 폭음을 내야지! 이제 일 년 내내 모두가 내 얘기만 할 거야!" 그리고 폭죽은 터졌다. 꽝! 꽝! 꽝! 화약 가루가 사방으로 날렸다.

하지만 아무도 듣는 이 없었다. 심지어 근처에 있던 두 소년조차도.

로켓 폭죽은 막대기만 남았다. 막대기는 마침 개울 옆을 지나가던 거위의 등에 떨어졌다.

"이게 뭐야!" 거위가 외쳤다. "하늘에서 막대기 비가 내려!" 놀란 거위는 얼른 물속으로 몸을 숨겼다.

"거봐. 세상을 놀라게 만들 거라고 했잖아." 로켓은 헉헉거리다가 숨을 거두었다.

PRINTED BY BALLANTYNE, HANSON AND CO.
LONDON AND EDINBURGH

행복한 왕자 (1888년 초판 복각본)

초판 제1쇄 펴낸날 : 2021년 8월 15일
    제2쇄 펴낸날 : 2022년 8월 15일

글 : 오스카 와일드
그  림 : 월터 크레인, 제이콥 후드
옮긴이 : 해바라기 프로젝트
교정교열 : 다미안 (contigobooks@gmail.com)
제작자문 : 박진철
수호천사 : 아들이, 박정환
프로듀싱  해바라기 프로젝트  with  텀블벅의 위대한 후원자님들

펴낸곳  에디시옹 장물랭 | 펴낸이  이하규 | 등록번호  제 2010-000097호 |
등록일자  2010년 7월 6일 | 주소  서울시 영등포구 선유로9길 31, 3-602 |
전화  070-7516-6854 | E-MAIL  aryujea@naver.com
ISBN 979-11-88438-19-8 (03840)

이 작품은 저작권법에 의해 한국 내에서 보호를 받는 저작물이므로 무단 복제와 전재를 금합니다.
All rights reserved including the rights of reproduction in whole or in part in any form.

이 책의 표지는 스웨덴 아르크틱 페이퍼의 '문켄 프린트 화이트'로, 간지는 '컨셉트래싱지'를 사용했습니다.
이 책은 COVID-19 바이러스로 전 세계에서 수백만 명이 목숨을 잃었던 때에 만들어졌습니다.